4.—

friktion 8 Guillermo J. Fadanelli *Das andere Gesicht Rock Hudsons*

Guillermo J. Fadanelli

Das andere Gesicht Rock Hudsons

Roman

Aus dem mexikanischen Spanisch von
Sabine Giersberg

Matthes & Seitz Berlin

Mit freundlicher Unterstützung von
FONCA *Fondo Nacional para la Cultura y las Artes*, Mexiko

Göhrener Straße 7, 10437 Berlin, info@matthes-seitz-berlin.de

Druck und Bindung: Elbe Druck, Wittenberg
Umschlaggestaltung: neo design consulting, Bonn

ISBN 978-3-88221-871-8 ISBN 3-88221-871-1 **friktion 8**

www.matthes-seitz-berlin.de

I

Ich war fünfzehn, als ich Juan kennen lernte, Johnny Ramírez. Ich saß am Rand der Bank und betrachtete zerstreut den gleichförmigen Strom der Autos, als er aus dem Hotel kam und mich ansah, als würde er mich schon ein Leben lang kennen und nur auf ein Zeichen warten, um auf mich zuzukommen. Er stand sekundenlang am Fuß der beiden kurzen Betonstufen vor der Tür mit den goldenen Gittern, genau so lange, um in der Jackentasche zu kramen und eine fast leere weiße Schachtel hervorzuholen, eine Zigarette anzuzünden und zu bemerken, dass ein dunkelhaariger Mann mit hartem Gesichtsausdruck sich mit einer Pistole in der Hand an ihn heranschlich. Der Mann ging an mir vorbei und hinterließ einen Geruch nach ranzigem Schweiß und Lavendel, er machte kleine Schritte, als wollte er den Moment so lange wie möglich hinauszögern, an dem er dort ankam, wo Ramírez ihn erwartete, ohne im Geringsten die mürrische, verächtliche Miene zu verändern, mit der er den Leuten gewöhnlich begegnete.

An diesem Nachmittag wartete ich auf meine Schwester, die zur Apotheke des Arztes Santoyo losgezogen war, wo sie Kotex kaufen wollte. Ich wollte sie nicht begleiten, weil es mich anwiderte, wie Santoyo, ein älterer Kerl mit gegerbter Haut und rotem Schädel, ihr zwischen obszönen Gesten und verzückten Blicken Komplimente machte. »Na, was möchtest du, Kleine, wo drückt der Schuh?« Verdammter Mistkerl, er machte immer dasselbe, absichtlich, nur um sich aufzugeilen, da hinter diesen weißen Gittern, mit denen er den ganzen Laden ausgestattet hatte, um sich vor Überfällen zu schützen, und er sah meine Schwester dabei an, als wollte er sie flachlegen, er fragte sie, ob die Kotex für sie oder für ihre Mutter war; er redete lauter Unsinn, bis ich es leid war und zerfressen von Ärger und Wut auf die Theke zuging und sagte: »Was zum Teufel geht Sie das an, wollen Sie sie jetzt heilen oder was?«

Die Apotheke war ungefähr eineinhalb Blocks vom Hotel entfernt, aber ich wollte lieber auf der Bank sitzen und warten, denn wenn ich aufschaute, hatte ich mehrere Straßen gleichzeitig im Blick; mit Ausnahme der Bolívar, einer größeren Avenida, sahen sie alle gleich aus: schmutziges, verunstaltetes Pflaster, voller Schlaglöcher und Geschwülste, die Gullis spien beißende Gerüche aus, als würden darin die Dutzende von Hunden gekocht, die täglich von den Autos angefahren werden. Ich konnte auch die ununterbrochen brennenden Lichter des alten Cafés der Chinesen sehen, wo ich Monate später Johnny Ramírez wiedertreffen sollte, und die buckligen, mit religiösen Bildern tätowierten, in schrillen Farben angestrichenen Gebäude, die mit der Zeit wieder grau wurden wie Blei, wie der Beton der Bänke, wie das Fell der Ratten.

Ramírez machte keine Bewegung, als ein anderer pockennarbiger, schwabbeliger Mann in einer knallroten Weste und grauen Wollhosen aus derselben Tür auftauchte, durch die er Sekunden zuvor gegangen war, und nur wenige Zentimeter hinter seinem Rücken stehen blieb.

»Es ist aus, du bist erledigt«, sagte er und ölte seinen Nacken mit dem aus seiner Nase strömenden warmen, stinkenden Dampf ein.

Ich stand auf, als ich Elena aus der Apotheke kommen und auf die Stelle zulaufen sah, von der ich mich nicht wegbewegen konnte, weil ich Angst vor einer Schießerei hatte und weil Ramírez mich weiterhin seelenruhig ansah, als ob niemand mit der Pistole auf ihn zielte. Ich wusste, wenn Elena die Stelle erreichte und merkte, was vor sich ging, würde sie irgendeine unerwartete Reaktion zeigen, sie würde mich am Arm packen oder schreien, und dann würden wir nicht mehr länger unbemerkt bleiben. Vielleicht hatten die Männer, ganz darauf erpicht, ihre Beute einzukreisen, gar nicht mitbekommen, dass ich jede ihrer Bewegungen beobachtet hatte; vielleicht hatten sie nicht einmal wahrgenommen, dass von der Ecke eines Fensters aus, halb verborgen von dem Schild, auf dem in blauen Lettern Hotel Orizaba stand, eine Frau sie beobachtete, reglos und erschrocken, genau wie ich, genau wie meine Schwester, die in ein paar Meter Entfernung stehen geblieben war, um mit anzusehen, wie zwei Männer Ramírez in ein Auto stießen, während er, die Zigarette immer noch im Mund, mit fester, gebieterischer Stimme zu mir sagte, als spräche er mit seinem Bruder:

»Sag meiner Mutter, es geht mir gut, sie soll sich keine Sorgen machen, mir wird nichts geschehen.«

Das sagte er zu mir, fast ohne die Lippen zu bewegen, mit einem erdigen, hallenden Ton, so wie ich mir das knirschende Geräusch beim Öffnen einer Krypta vorstelle, ein harter, wenig biegsamer Ton, als wären seine Worte aus Stein und als sprängen sie, nachdem die Autotür geschlossen war, über das Pflaster zu mir, »mir wird nichts geschehen«, warum sagte er das zu mir?

Noch im Auto, an das Leder des Rücksitzes gelehnt, zielte er mit seiner spitzen Nase auf mich, er durchbohrte mich mit seinen schwarzen Augen, Augen, die meine hätten sein können, und mein Gesicht spiegelte sich in der Scheibe des aluminiumfarbenen Autos, das nach rechts ausscherte und langsam weiterfuhr, bis es im dunklen, feuchten, wenig befahrenen Schlund einer Unterführung verschwunden war.

Wir gingen langsam weiter, überrascht, dass alles so glatt verlaufen war, beide schweigend. Mir ging der gelassene, feste Blick dieses Kerls nicht aus dem Kopf, der in dem Wissen auf mir ruhte, dass er mir Angst machte, kalt und zielsicher wie ein gut geführter Messerstich. Elena war ganz blass geworden, und ihre schwarzen Augenbrauen sahen vor dem Hintergrund ihrer hellen Haut noch schwärzer aus. Sie sagte kein Wort, aber sie dachte an etwas, das sie mir nicht sagen wollte, bis wir zur Tür des höchsten Gebäudes der Calle Juan de Dios Peza kamen.

»Weißt du, wer der Kerl ist, den sie da geschnappt haben?«

Und da wurde mir klar, es fiel mir wie Schuppen von den Augen, die verfluchte Kleine hatte gar nicht bemerkt, dass ich dort zwischen der Tür und dem Auto stand, in Gefahr, mittendrin in einer möglichen Schießerei, und noch bevor das Flittchen anfing, was weiß ich für eine Geschichte von einem gewissen Ramírez zu stammeln, wusste ich, er war keine Zufallsbekanntschaft, im Gegenteil, seine Beziehung mit Elena, was für eine das auch immer gewesen sein mochte, war stark genug, sie dazu zu bringen, dümmlich zu stottern.

Elena erzählte mir, der Mann hieße Johnny und er wohne, wer weiß wie lange schon, in einem Zimmer im Hotel Orizaba, vor dem man ihn an diesem Nachmittag festgenommen habe; sie warnte mich auch, dass keine der Geschichten, die ich früher oder später über ihn hören würde, ganz stimmten, die meisten Leute hätten keinen blassen Schimmer, warum er in diesem verkommenen Zimmer hauste und warum ihm der Ruf vorauseilte, er sei ein netter Kerl, obwohl mehr als einer ihn für einen Hurensohn hielt.

»Reine Lüge, was über ihn geredet wird, ich kenne ihn, er ist ein guter Mensch; die Feiglinge reißen das Maul am weitesten auf.«

Ich dachte, wenn ich nicht ihr Bruder und fünf Jahre jünger als sie wäre, würde sie mir vielleicht etwas ganz anderes erzählen. Da war ich eifersüchtig, eifersüchtig auf ihn, ich verspürte plötzlich eine Wut gegen mich selbst, weil ich diesen Ramírez bewundert hatte; ich hatte eine Stinkwut, sie mit diesem kurzen Rock vor mir zu sehen, um an dem Hotel vorbeizugehen, unter irgendeinem Vorwand nachmittags das Haus zu verlassen, die Pfiffe der Männer und die Klapse der Betrunkenen zu ertragen, die an der getäfelten Wand des El Moro lehnten, den Hals einer schmierigen Flasche am Mund; eine Stinkwut, sie jeden Nachmittag ausgehen und erst zu den Spätnachrichten, fast zu mitternächtlicher Stunde, zurückkommen zu sehen, wenn an den Ecken nur noch vereinzelte Grüppchen von Junkies und Bettlern herumlungerten.

»Kein Wort zu den Eltern, vor allem nicht zu ihm, du kennst ihn ja, er sucht nur nach Vorwänden, um Mutter zu quälen, abgemacht?«, warnte sie mich, als die Farbe in ihr Gesicht zurückgekehrt war.

Ihre Stimme verschwand in einem langen, trostlosen Flur, der in einer Treppe mit einem Geländer aus Stein endete.

Ein Flur wie so viele andere, die sich in dem Viertel in unzähligen düsteren, eisigen Schlünden wiederholten, blinde Tunnel, durch die man in die Eingeweide der alten, selten mehr als sechsstöckigen Häuser gelangte; Flure, deren Dunkelheit die Passanten nutzten, um zu pinkeln und auf dem Boden stinkende Wasserpfützen zu hinterlassen. Ich wollte nicht mit ihr hineingehen, sondern mich eine Weile verziehen, in den Laden mit den Videospielen, meine Gedanken ordnen und warten, bis meine Wut oder Verwirrung oder was auch immer es war, das mir den Magen zusammenkrampfte und mich nicht zur Ruhe kommen ließ, sich aufgelöst hatte.

Ich ging los und dachte an die jämmerlichen paar Kröten in meiner Tasche und die Wahrscheinlichkeit, dass Felipe ein paar Münzen zusammengekratzt hatte; ich dachte daran, dass meine Schwester die Kotex nicht gekauft hatte, denn sie hatte nichts in der Hand gehabt, und an die Verhaftung von Ramírez und das, was er zu mir gesagt hatte, als wären wir seit ewigen Zeiten befreundet; an die erreichte Punktzahl beim *Mortal Kombat* am Freitag und an die Möglichkeit, erst im Morgengrauen nach Hause zu kommen, vielleicht, um Elena zu beweisen, dass auch ich meine Geheimnisse hatte, aber dass ich sie, im Gegensatz zu ihr, niemandem verraten würde.

Der Laden war so voll wie immer um diese Zeit; am *Street Fighter II* herrschte großer Andrang, man konnte die Menge von der Straße aus sehen, denn der Apparat stand am Eingang, und manchmal blieben die Passanten stehen, um einen Moment lang einen Blick auf den tödlichen Kampf und das Blut zu werfen, das so rot und glänzend war wie in Wirklichkeit. Es waren dieselben Grüppchen wie immer: Jungs, die Schule schwänzend durch die Gegend zogen, die älteren Herumtreiber, die die jüngeren unter Druck setzten und sie zwangen, sich mit ihnen zusammenzutun, um die Spielmarken zu kaufen; Männer im Anzug, aufgedunsen, schwitzend, das Portemonnaie zwischen den Beinen, auf einem schon geschmacklosen Kaugummi kauend, als wäre es eine zwischen den Zähnen klebende elastische Haut. Weiter hinten, in einer Ecke, die niemand übersehen konnte, befand sich das beste Spiel: *Mortal Kombat*. Es kam mir seltsam vor – ich deutete es als glückliche Fügung –, dass nur zwei Leute vor dem Apparat standen, aber als ich ein paar Schritte in den Laden hineingegangen war, sah ich, was Sache war: Ein dürres Mädchen, nicht älter als vierzehn, war mit den Spielern zugange; ich hatte sie hin und wieder in dem Laden gesehen, als sie schüchtern eines der weniger anspruchsvollen Spiele auswählte, leichte Sachen, was für Mädchen, aber nie zuvor hatte sie es gewagt, sich an das *Mortal Kombat* zu stellen. Ich erinnerte mich auch, sie am Arm anderer Mädchen auf dem Schulhof oder im Gemischtwarenladen Süßigkeiten kaufen gesehen zu haben, immer mit dem traurigen Gesicht und dem mit einem weißen Band zurückgebundenen Haar, dem Schulrock, den Augenringen einer Schwindsüchtigen und dem roten, wie die Sonne leuchtenden Pullover.

Ich konnte ja noch akzeptieren, dass die Weiber sich damit vergnügten, *Pac Man* zu spielen, das war einfach, das konnte jeder, aber dass eine an diesem Tag am *Mortal* spielte, das war wirklich das allerletzte, warum mussten die Weiber *Mortal Kombat* spielen? Zu Recht waren die anderen an andere Spiele gegangen; zu Recht stand ich im Eingang, zögernd, unentschlossen, ob ich weiter hineingehen und den Fleck ihres roten Pullovers und ihre dürren Beine betrachten und mir meine Schwester vorstellen sollte, die jetzt bestimmt im Bett lag und an Juan, an diesen Juan Ramírez, dachte, und meinen Vater, der bestimmt lautstark nach mir fragte und wissen wollte, ob dieser »verdammte Nichtsnutz« von seinem Sohn im Bett war; wie er sich mit meiner Mutter stritt, herumpolterte und ihr Vorhaltungen machte, so käme man auf die schiefe Bahn, indem man auf der Straße herumlungerte, Drogen nahm und in Absteigen wohnte, bis man eines Tages in einen Streifenwagen geladen würde und auf Nimmerwiedersehen verschwände.

An diesem Morgen hatte Juan, Johnny Ramírez, das Gefühl, ein Haufen Ratten würde seinen Magen auffressen, er spürte, wie ihre kleinen Zähne Fleischstücke aus ihm herausrissen, er hörte sie die Wände seiner Eingeweide zerkauen, sein Blut trinken, an den Knochen seines Brustkorbs nagen. Er hätte nie gedacht, dass er sich mit siebenunddreißig so alt fühlen würde und dass sich die Adern an seinen Händen so hervorwölben würden, dass er, wenn er sie mit den Fingerspitzen berührte, sein warmes Blut wie einen Lavastrom hindurchfließen spürte.

Er saß auf der Bettkante, den Blick starr auf die Zimmertür gerichtet, und lauschte den Schlägen, die jemand dem Holz verpasste, vielleicht mit einem Meißel oder einem Ring oder einem anderen Gegenstand aus Metall. Der Lärm der Schläge war in seinem Kopf. Seit wie vielen Stunden, wie vielen Tagen, dröhnte dieses Geräusch, beständig und harmonisch wie Glockenschläge, in seinem Hirn?

Das Zimmer hatte zwei Fenster, ein größeres, in dessen Schutz man die Straße im Blick hatte, und im Bad ein schmaleres mit einem Luftrohr verbundenes, durch das er ein paarmal fliehen musste; er ließ sich hinabgleiten, als fiele er durch die Speiseröhre eines Leitungssystems, und dann sprang er noch ein paar Meter, um in eines der Zimmer im Parterre zu schlüpfen, wo er die Gäste bedrohte: Wenn jemand, ganz gleich wer, auch nur das geringste Knacken eines noch so kleinen Knochens verlauten lassen würde, bliebe ihm keine andere Wahl, als ihm mit einem Schuss das Hirn wegzublasen. Aber diesmal käme es nicht so weit, er musste nur ein paar Schritte machen, den Riegel nach links schieben und den Sicherheitsmechanismus außer Kraft setzen und dem Kerl ins Gesicht sehen, der ihm den Morgen verdarb. An seinen Füßen hatten die kürzlich in einem Laden mit Ausverkaufswaren gekauften schwarzen Schuhe an der Sohle eine dünne Schmutzschicht, dicker rötlicher Lehm, mit dem er ein paar Stunden zuvor eine lange Spur von dem Eingang des Hotels bis zu den Füßen seines Bettes gezogen hatte.

Er wollte aufstehen, aber etwas so schwer wie ein Schiffsanker hielt ihn im Zentrum seiner Schwerkraft fest; wenn es jemand Gefährliches war, einer seiner Feinde, würde er nicht wie ein Idiot an die Tür klopfen.

Er hatte seit vielen Stunden kein Wort gesprochen, seine Kehle fühlte sich rau an wie ein trockenes, rostiges Rohr. Die Worte aus der Tiefe dieses Rohres holend, sagte er »Herein«, aber nein, er musste aufstehen und die Tür öffnen, um mit jemandem zu reden, der mit Sicherheit keine Ahnung hatte, wie fertig er war.

Schwerfällig und schlaftrunken richtete Ramírez sich auf, als würde er seinem eigenen Grab entsteigen, er machte ein paar Schritte und schob mit einer Bewegung den Riegel weg. Ohne einen Blick auf das Gesicht seines Besuchs zu werfen, drehte er sich um und nahm wieder seinen Platz an der Bettkante ein.

Als Kind hatte er sich morgens immer, wenn er erst mal aus dem Bett war, auf einen Stuhl im Esszimmer gesetzt, um richtig wach zu werden; er hatte die Augen geschlossen und den Geist leer gehalten, bis seine Mutter das Zimmer betrat und ihn an die Uhrzeit und die tägliche Verpflichtung erinnerte, wenn er aus der Schule kam, die fünf Blocks zu laufen, die ihn vom Gymnasium trennten, seine Schwester einzusammeln und nie später als um zwei Uhr zu Hause zu sein.

Zwanzig Jahre, vielleicht mehr, waren vergangen, seit dem Tag, an dem Rebeca auf ihn zukam, um ihm die Spucke zu zeigen, die der Carnicero ihr auf die Schenkel gespien hatte:

»Hat mich einfach so bespuckt, ohne Grund, der Blödmann. Den schau ich mit dem Hintern nicht mehr an.«

Er hatte als Kind viele Schlägereien gehabt, aber keine hatte sich so in sein Gedächtnis gebrannt wie diese. Er hatte den Schulhof überquert und sich vor ihn gestellt, zitternd vor Angst, aber entschlossen, ihn fertigzumachen; er war viel schwerer und größer als er, hatte eine fliehende Stirn und seine Hände rochen nach Blut wegen des Viehs, das er, wie man sich erzählte, in der Metzgerei seines Vaters zerlegte: Man nannte ihn den »Metzger« und er konnte tun und lassen, was er wollte, weil niemand wagte, ihn zur Rechenschaft zu ziehen. Aber einer, vier Jahre jünger, tat das, und sie prügelten sich, bis der Schweiß sie unter einer Welle aus Blut und salzigem Wasser begrub, bis ihre Hände kraftlos waren und der Carnicero ein kleines Messer zog, dessen Klinge wie ein Stück Eis blitzte, und da veränderte sich alles, denn ihrer beider Bewegungen wurden vorsichtiger und die Sekunden langsamer, ihre Schritte zogen immer engere Kreise, bis Ramírez seinem Gegner einen gezielten Fußtritt gegen die Knöchel versetzte und ihm die Schuhspitze ins Auge rammte.

»Da, du Mistkerl, mal sehen, ob du jetzt lieber deine verdammte Mutter anspuckst!«

Er trug einen alten Samsonite, dessen Griff ganz feucht vom Schweiß seiner Hände war, ein Kupferring presste einen Finger zusammen, und die Beine schwammen in der Weite einer Ballonhose aus billiger Wolle. Da war er, in einer Absteige, überzeugt, dass jeder Beruf gut war, wenn man ihn mit Würde und Geduld ausübte, wie sonst konnte er sich bereit erklärt haben, an einem Ort wie diesem Geld einzutreiben? Ramírez kam er vor wie eine lächerliche Gestalt in Sepia; er konnte den Umriss seines Körpers erkennen, das schrille Gelb der Krawatte, seine blitzblanken Schuhe und die riesige Brille; er könnte ihm einen kleinen Stich mit dem Messer versetzen, damit er aufhörte zu nerven, aber dann dachte er, das hat er nicht verdient, er war ein liebenswürdiger, harmloser Mann, der eher wie ein Bibelverkäufer oder ein Missionar aussah als einer, der Elektrorasierer verkauft. Im Bad, schmal und dunkel wie eine Zelle, in die noch nie ein Sonnenstrahl gefallen ist, lag in einer Plastikschüssel der von Ramírez ein halbes Jahr zuvor gekaufte Elektrorasierer. Es war sein einziger Luxus, außer einer Aktentasche aus Krokodillederimitat und einem Messer mit Schildpattgriff, das er vor vielen Jahren an einem Sonntag auf dem Markt von San Felipe de Jesús gekauft hatte. Er mochte es, mit dem Gesicht ganz nah an den Spiegel heranzugehen und mit dem Rasierer über das Kinn zu fahren und das warme Rasseln und das sich an seinem Kinn reibende Metall zu spüren. Aber er hatte schon genug bezahlt, vier oder fünf Raten, und er war nicht bereit, auch nur einen Peso mehr für diesen Blödsinn auszugeben.

»Guten Tag, Señor Ramírez, ich wollte Sie nicht stören, aber Sie wissen schon, ich komme wegen der fälligen Rate. Ich habe schon eine ganze Weile geklopft und dachte schon, es sei niemand im Zimmer. Ich hoffe, ich habe Sie nicht geweckt, wenn Sie wollen …«

»Ich hab kein Geld. Hau ab.«

»Wann soll ich wiederkommen? Es macht mir keine Mühe, das Hotel liegt auf dem Weg zu meiner Wohnung. Ich wohne hier ganz in der Nähe und ich kann vorbeikommen, wann immer Sie wollen.«

Auf dem Boden lag neben den Stuhlbeinen eine Einmalspritze und ein von eingetrocknetem Blut hart gewordener Wattebausch, Nylonstrümpfe hingen an einem Türgriff, und an einer Wand an einem verrosteten Nagel ein uralter Kalender mit dem Bild von zwei Kindern, die eine Katze streicheln. Ramírez ließ den Blick über all diese Dinge gleiten, bis er ihn wieder auf der Gestalt des Verkäufers ruhen ließ, der reglos und lächelnd wie eine unproportionierte Gipsstatue auf seine Antwort wartete.

»Ich werde dich um einen Gefallen bitten.« Er streckte eine Hand aus und öffnete die Nachttischschublade.

Darin lag neben der 32er aus blitzendem Metall ein gefaltetes Blatt und neben diesem ein fast leeres Tablettenröhrchen. Und die Fotografie einer Frau.

»Geh in die Reinigung einen halben Block entfernt, hier, das ist der Zettel, und hol mir das Sakko, das ich in der vergangenen Woche dort abgegeben habe.«

Ramírez widmete sich der Aufgabe, in seinem Kopf mit handwerklicher Geduld eines nach dem anderen der verstreuten Fragmente der vergangenen Tage zu sammeln und alle Details in seinem Kopf zusammen zu suchen, die seiner Vergangenheit eine kohärente Form geben könnte; das tat er jeden Morgen: sich daran erinnern, welcher seiner Feinde wohl an ihn dachte, langsam den Schlamm von seiner Erinnerung abkratzen, um neben einer beachtlichen Menge an nutzloser Information das Gesicht eines jeden wiederzufinden, als ginge er eine Liste durch, denn er wusste, er ahnte, wenn er irgendwann einen ausließ, würde genau dieser auf dem Treppenabsatz eines Gebäudes, in der Anonymität eines Fensters, in irgendeinem Winkel dieser verfluchten Stadt, auf ihn warten, um ihn zu töten.

An diesem Morgen hätte er gerne alles vergessen, all die Augen, die ihn auf diese Weise ansahen, bevor sie starben, den fauligen Geruch der Eingeweide, das flehentliche Stammeln von zerstörten Lippen, den langen Weg durch die dunklen Straßen, wo ein Schatten sich vom Dach eines Gebäudes stürzte oder aus einem Fenster sprang, um sich im toten Fluss der Autos zu verlieren, in dem schmutzigen, vergifteten, nach Gummi und verbranntem Benzin riechenden Fluss, von dessen Wassern wir Armen tranken. Jetzt merkte Ramírez, dass er diese Spur nicht hatte loswerden können, sie kehrte sogar umso voller zurück, als hätte man einen Schwamm in ein Wasserbecken getaucht. Er kramte in seiner Hosentasche und fand den alten Geldschein, den einzigen, den er am Morgen des Vortages dort hineingesteckt hatte, trotz Hunger und Durst, trotz der »verdammten Lust, mich zuzudröhnen«, mit Argusaugen gehütet.

»Hier, Dicker, das Wechselgeld kannst du behalten. Mehr gebe ich dir nicht.«

»Vielen Dank, Señor Ramírez, welche Farbe hat Ihr Sakko?«

Er sagte es fast im selben Moment, in dem er den Zettel las, auf dem der Eingang eines kobaltblauen Herrensakkos verzeichnet wurde.

»Blau. Und komm nicht mehr hoch. Lass es unten für mich liegen.«

Als die Tür sich geschlossen hatte, stand Johnny schwerfällig auf und machte sich auf den Weg zum Fenster. Er zog den Vorhang auf, und das Licht eines kalten Morgens voller heller, durchsichtiger Wolken teilte sein Gesicht in verschiedene Ebenen; seine lange, schlanke Nase, der einzige Körperteil, auf den er innerlich stolz war, berührte mit der Spitze die Glasfläche, deren geringe Dicke ihn von der herzlosen Brise trennte, die wie eine Bettlerin die Papierfetzen von einer Straßenseite zur anderen trug.

Als er die Marlbororeklame auf dem Dach des Gebäudes gegenüber sah, erinnerte er sich genüsslich an die letzte Zigarette, die er am Ende des Abends, wenige Minuten vor dem Einschlafen geraucht hatte. Jetzt musste er darauf warten, dass Rebeca ihm noch etwas Geld gab, genug um eine Schachtel Tigres oder Delicados zu kaufen, damit er sich ablenken konnte, während er eingeschlossen in diesem Zimmer zusah, wie die Stunden langsam verstrichen, mit ochsengleicher Geduld darauf wartete, dass alle ihn ein wenig vergaßen und dachten, er sei aus dem Viertel verschwunden oder man habe ihn in einer Kneipe getötet, um die Überreste seines Körpers weit weg zu werfen, dorthin, wo niemand weiß, wer Johnny Ramírez ist. Er brauchte keine Minute, um die Gestalt des Straßenhändlers eiligen Schrittes, der Samsonite knapp über dem Boden, die Straße in Richtung auf die Reinigung überqueren zu sehen, »er geht wie eine Schwangere«, dachte Ramírez. Es war ihm nie schwer gefallen, unter den Menschen diejenigen auszumachen, denen er vertrauen konnte, er irrte sich fast nie, aber nur wenn es sich um Männer handelte, bei einer Frau war das anders, »bei den Weibern ist man immer im Nachteil«; er zog die Distanz vor, sogar das Umgehen, er konnte nicht in ihren Augen lesen und er verstand nicht, warum sie sich für eine Sache entschieden und nicht anders. Bei den Männern war das einfach, dachte er, denen stand alles im Gesicht geschrieben.

Hinter dem Kopfende des Bettes verborgen stand ein Winchester-Gewehr Modell 94 mit zersplittertem Kolben und poliertem, glänzendem Lauf, eine Waffe, mit der vor Jahren jemand bei ihm eine Schuld beglichen hatte:

»Ganz gleich, wie neu dieses Gewehr sein könnte, es wird immer alt aussehen«, hatte der Schuldner zu ihm gesagt, »aber Eleganz hängt nicht davon ab, wie neu es ist, Johnny. Ich gebe dir das beste Gewehr, das ich je in meinem Leben hatte.«

Mit einer Bewegung ließ Johnny es hochspringen, dass der Kolben in der Armbeuge landete; mit der anderen Hand öffnete er den Fensterriegel und zielte mit dem Lauf der Winchester direkt auf den Nacken des Straßenhändlers, der stehen geblieben war, um sich mit der Spitze seines Taschentuchs den Schweiß abzuwischen. In dem Moment hatte er das Gefühl, wieder die Sequenz einer Szene aus seiner Kindheit zu durchleben: Er erinnerte sich an den sonnigen Sonntag und die irdenen Fassaden der Häuser, die Stände mit dem frittierten Fisch, die Ölflecken, die die Schemel zerfraßen, die Betrunkenen in der Furche, die ihre mit Blut und Rotz überzogenen Gesichter in die Sonne hielten; er erinnerte sich auch an die Schinderei, die zwölf Patronen, eine nach der anderen, in das Magazin eines Gewehres zu stecken. Sein Onkel Eduardo, der älteste Bruder seiner Mutter, hatte ihn für ein paar Pesos an den Schießstand gestellt, und seine Aufgabe bestand darin, die Gewehre zu laden, die von den Schützen auf die Flanellunterlage versenkten Blechfiguren aufzustellen und die fünf Pesos zu kassieren, für die man die zwölf Schuss aus den alten, ungenauen Waffen abgeben durfte; wenn wenig Leute da waren, zog er es vor, von den Augen der älteren Angestellten überwacht die großen Fahrgeschäfte zu beaufsichtigen; sie waren fast alle dort geboren, zwischen den Laken einer schmutzigen Pritsche von den erfahrenen Händen einer Hebamme entgegengenommen, die, nachdem sie das Kind in einen Baumwollüberwurf gehüllt hatte, an den Rand des Jahrmarktes ging, um die Plazenta den Hunden vorzuwerfen. Und während seine Mutter hinter einer Theke stand und die von den Spielern um die Gipsfiguren platzierten

Pfeile zählte, wachte er mit seinen gerade mal neun Jahren über die zehn Gewehre, das gesamte Arsenal des Schießstandes.

Die Kirmes war entlang einer langen, etwa fünfzig Meter breiten Furche aus plattgewalzter Erde aufgebaut; die Angestellten wässerten morgens den Boden, damit der Wind keine Staubwolken erzeugte und die Bewohner der Kolonie hatten sich bereits an das Knallen von »Die Peitsche« und das Rasseln von älteren Fahrgeschäften wie »Der Wirbelsturm« oder »Die Reise zum Mond« gewöhnt.

Dieser Sonntag war der letzte der Karwoche und man erwartete mehr Publikum als sonst. Es war 11 Uhr morgens, als der kleine Zug, der um die Kirmes herum kreiste, seine erste Runde beendete und anhielt: Der Tag hatte angefangen und die Schausteller rechneten jeden Moment mit dem ersten Kunden, um die Fahrgeschäfte in Betrieb zu nehmen. Einer von ihnen – er erinnerte sich noch an sein olivfarbenes zynisches Gesicht und an das wegen der großen Hitze weit aufgeknöpfte Hemd – ging auf seine Mutter zu und sagte etwas zu ihr, das sie mit einer schwachen Ohrfeige beantwortete, vielleicht eine freundschaftliche Geste, die Johnny nicht richtig verstanden hatte, denn er nahm ein Gewehr, legte es genauso an, wie jetzt die Winchester an seiner rechten Schulter ruhte, und schoss dem Schausteller in die Wange.

Ramírez stellte das Gewehr wieder hinter das Kopfende des Bettes und setzte sich auf einen Stuhl mit Rissen neben der Badezimmertür. Er lebte jetzt schon einen Monat im Elend, ohne ein einziges großes Geschäft, ohne auch nur ein Gramm Koks bei Carrillo gekauft zu haben; er lebte nur von dem, was Rebeca ihm gab, wenn sie ihn morgens auf seinem Zimmer besuchte, um ihm einen Teil des während der Nacht verdienten Geldes zu geben, das er für seine Päckchen Delicados, Tabletten und den allabendlichen Kaffee ausgab, immer um acht, in dem Lokal, in das er als Kind immer mit seiner Mutter gegangen war. Das war die einzige Gewohnheit, der er sich nicht hatte entziehen können: Wann immer sich die Gelegenheit bot, ging er zu dem alten Café der Chinesen, hielt vor dem düsteren Fenster inne, um zu sehen, ob er hinter den Schriftzeichen die Gesichter der Gäste erkennen konnte, dann stieß er die Tür auf und setzte sich in die dunkelste Ecke, dorthin, wo niemand sein Gesicht und seinen unwirschen Gesichtsausdruck sehen konnte oder das Messer, das er immer neben den Milchkaffee legte, um nicht zu vergessen, dass er Feinde hatte und nicht mehr ruhig leben konnte, denn seine Kindheit war vorbei, und jetzt hieß es leiden und andere leiden lassen.

Das Café hatte zwei Reihen mit granatrotem Kunststoff gepolsterte Stühle, zwei ährenförmige Neonleuchten zeichneten eine gerade Linie an die Decke, nur unterbrochen von einem Ventilator mit metallenen Flügeln; die

Zuckerdosen waren aus Glas und an ihrem Blechverschluss war eine winzige Öffnung, durch die langsam die Zuckerkristalle rannen; der Boden war mit heruntergekommenem rotem Linoleum ausgelegt und die Küchenschaben liefen über die darauf gemalten roten Drachen und Flammen; eine dürre Kellnerin mit einem im Nacken vergrabenen Haarkamm und einer schwarzen Perlenkette um den Hals ging schlurfend und sich die Hände an einer mit Tropfen von Milchkaffee bespritzten Schürze reinigend immer wieder in die Küche, sie wirkte nervös. Hinter der Registrierkasse am Ende einer Theke aus lackiertem Holz mit Aluminiumbeschlägen saß auf einem hochbeinigen Hocker, den Blick auf den Bildschirm gerichtet, der Besitzer des Cafés, ein alter Mann mit staubigem Gesicht und Augen aus Obsidian, derselbe wie schon sein ganzes Leben lang, der seiner Mutter zugelächelt hatte, wenn sie mit dem Kind an der Hand hineinkam und sich in die Ecke setzte und bei der Kellnerin ein paar Spiegeleier und ein Glas Milch bestellte, die Juan vertilgen sollte, während sie, den Stoffgeldbeutel fest in der Hand, in den Lebensmittelladen, die Geflügelhandlung und in das Gemüsegeschäft des Nazis ging und dann mit gefülltem Weidenkorb in das Café zurückkehrte und den Chinesen fragte, wie Juanito sich benommen, ob er seine Eier aufgegessen und ob er auch ja nicht auf die Straße hinausgegangen war, wie er es gern tat, wenn sich die Gelegenheit bot, weil Alberto sich am Kinn kratzte und mit nackten Füßen auf seinem Hocker in das Fernsehprogramm versunken war.

Und jetzt, so viele Jahre später, saß Johnny auf demselben Stuhl, umgeben von einer dichten Rauchwolke, eingetaucht in die Dunkelheit der Ecke, das Messer neben dem Becher mit dem Milchkaffee, mit trockenen Lippen und den Blick aufmerksam auf die Tür und jeden einzelnen Passanten gerichtet, die, ohne vor dem spärlichen Licht des Fensters innezuhalten, auf dem Weg in ihre heimischen Höllen waren.

Ich hätte nie gedacht, dass er an diesem Nachmittag dort war oder dass ich ihn nach so langer Zeit wiedertreffen würde; auch nicht, dass ich ihn so leicht wiedererkennen würde; und als ich ihn erkannte, eingetaucht in das Halbdunkel dieser Ecke, eingehüllt in einen Mantel aus Rauch, mit einer wie ein Leuchtkäfer glühenden Zigarettenspitze, verkrampfte sich mein Magen. Seine Anwesenheit machte alles dichter, sogar die Luft hörte auf zu zirkulieren und man hatte das Gefühl, sich in einer Flasche zu befinden. Sein Atem klang wie das Japsen eines sterbenden Reptils, wie konnte ich das überhaupt bei dem lärmenden Fernseher und dem Geflüster des Pärchens hinter mir hören?

Ich war in das Café gegangen, weil Edgar, Felipe und andere aus dem Viertel sich an der Ecke des Hotels Capri treffen wollten, um dann als Gruppe zusammen zur

Metrostation zu gehen, »Komm, Junge, es spielen fünf Bands, wir nehmen Tequila mit gegen die Kälte«. Ich wollte mich lieber verstecken, als Felipe direkt unter die Augen zu treten, und er würde mich nie in dem Café der Chinesen suchen, denn dort gingen nur die Älteren hin, ich war also sicher. Ich wollte nicht zu dem Konzert, denn es war weit draußen, Azcapotzalco, und da hast du keine andere Wahl: Entweder du gehst zu Fuß zurück oder du pennst draußen auf freiem Feld. »Die Kälte kann uns egal sein, ich habe Marihuana, El Ratón sagt, er nimmt ein paar Pillen mit, jetzt sei kein Weichei.« Auf der blanken Erde schlafen und darauf warten, dass die Sonne anfängt, uns das Gesicht zu verbrennen und die Straßenkehrer zwischen den Müllbergen nach Verwertbarem suchen. Ich stellte mir vor, wie Felipe mich von der Straße aus rief und darauf wartete, dass ich in einem der Fenster des dritten Stocks auftauchte; ich sah vor mir, wie er Elena nach mir fragte und sagte: »Wenn du ihn siehst, sag ihm, wir gehen um neun, wie abgemacht, er soll nicht kneifen«. Aber ich befand mich nur zwei Plätze von dem Ort entfernt, an dem Johnny Ramírez reglos verharrte, wie eine Marionette, der man die Fäden abgeschnitten hat. Womöglich beobachtete er mich oder vielleicht dachte er an den Abend, an dem sie ihn in das Auto schubsten, oder vielleicht, verdammt, dachte er an meine Schwester, die gerade vor einer Woche neunzehn geworden war.

Ich wusste, er war es, weil ein dünnes Licht durch einen Teil seines Sakkos schien, altmodisch, wie von seinem Opa, genau so ein blaues Sakko, wie er es am Tag seiner Gefangennahme vor dem Hotel Orizaba trug. Ich konnte auch sein ovales, flaches Kinn sehen, wie eine Stahlplakette, und seine bläuliche Hand, die wie ein totes Tier auf dem Tisch lag.

Es war fast niemand in dem Café, nur der Besitzer, der schon nichts mehr von einem Asiaten hatte, vielleicht noch die Augen und die Ruhe, die einen zur Verzweiflung bringen konnte, ein stilles Paar, das an dem Teil der Auslage saß, wo die süßen Sachen aufbewahrt und ausgestellt wurden, und die unsichtbare Kellnerin auf dem Höckerchen hinter der Theke, wo sie auf einen neuen Gast wartete, um ihm die schmutzige, zerknitterte Karte auszuhändigen, auf der von Hand mit chinesischer Tinte geschrieben das einfache Menü stand, die Preise mit Bleistift, und ein chinesisches Sprichwort: »Wenn du Geduld hast, wirst du den Leichnam deines Feindes an deinem Haus vorüberziehen sehen«. Ich bestellte eine kalte Coca-Cola und als eine milchige, papyrusartige Hand sie vor mich hinstellte, trank ich sie mit dem Strohhalm, ganz langsam, und versuchte herauszufinden, ob die anderen schon auf dem Weg zum Konzert waren oder ob Felipe mich womöglich immer noch bei den Videospielen suchte oder ob er aufgegeben hatte und jetzt mit den anderen beim Capri stand, bereit zu dieser Scheißwallfahrt nach Azcapotzalco.

Er trat langsam ein, die Tür sanft schiebend, um das rattenähnliche Quietschen der Türangeln abzuschwächen. Er trug einen beigefarbenen bis zum Hals zugeknöpften Mantel und einen Schal so schwarz wie die dicken Fäden seines Haares. Ohne Don Alberto zu grüßen, der sich hinter der Theke verschanzt hatte und ihm mechanisch zulächelte, ging er weiter, die Aufmerksamkeit auf die Ecke gerichtet, in der Ramírez auf ihn wartete. Ich kannte ihn, es war der alte Saldívar, ich hatte ihn wiederholt gesehen, wie er ein paar Minuten nach Mitternacht aus dem El Moro kam, die Gutiérrez Nájera Richtung Calzada de Tlalpan entlang ging und kurz bevor er zur Metrostation abbog, innehielt, um ein paar Worte mit den Nutten zu wechseln, die an einer Ecke auf ihre Freier warteten.

Das Paar schwieg weiter, nur die Frau hob den Blick und nahm die füllige, träge Gestalt des neuen Gastes wahr. Draußen hörte man einen Frauenschrei und darauf Gelächter.

Der alte Saldívar ging an mir vorbei und tränkte die Luft mit seiner Bierfahne, ich sah, dass er in der Hand eine zusammengedrückte Zeitungspapierrolle trug. Er stellte sich vor Ramírez hin und grüßte ihn mit einem leisen Murmeln, so dicht, dass er sich die Nase an der gelben, glühenden Zigarettenspitze zu verbrennen schien.

Ich stand auf und ging auf die Toilette, ganz nah bei der Stelle, an der der Alte den Schal ablegte und sich lautstark die Nase mit einer Serviette putzte. Ich ging an Ramírez vorbei, ohne zu wagen, ihn anzusehen, ich war mir sicher, dass er mich erkannt und mich sofort angehalten und nach jenem Nachmittag gefragt hätte. Die Toilettentür war abgeschlossen, ich musste zurück an die Theke, um den Schlüssel zu holen; ein paar Sekunden war ich wie gelähmt, die Hand um den Türgriff gekrallt, bis ich das winzige in die Wand eingelassene Waschbecken sah, ganz nah bei Ramírez, aber geschützt vor seinem Blick, vor dem Blick des alten Saldívar hingegen nicht, der mir dabei zusah, wie ich mir unter dem dünnen Wasserstrahl die Hände einseifte. Da hörte ich Johnnys bittere, trockene Stimme.

»Mach dir wegen dem Jungen keine Sorgen, man kann ihm vertrauen.«

Fast hätte ich mir in die Hose gemacht. Er meinte mich, er sagte gerade zu dem Alten, man könne mir vertrauen, er solle sich keine Sorgen wegen meiner Anwesenheit machen oder Angst deswegen haben. Wie könnte ich an meinen Platz zurückkehren, nachdem ich das gehört hatte? Was sollte ich sagen? Der Alte lachte und zwinkerte mir komplizenhaft zu, die Grimasse ließ sein finsteres, schreckliches Gesicht noch faltiger aussehen.

»Schon gut, Junge, du kannst bleiben und zuhören; wenn du Johnnys Freund bist, bist du auch mein

Freund.« Sagte er das nicht gerade zu mir? Und ich mit den Händen voller Seife, während der spärliche Wasserstrahl immer dünner wurde, plötzlich wieder diese verfluchte Stimme:

»Die Leute sollten sich darauf verstehen, ihre Schulden selbst einzutreiben, dann wäre alles viel einfacher.«

»Du hast Recht, Johnny, so sollte es sein, aber vergiss nicht, du lebst allein, und das sind nicht dieselben Probleme. Das ist eine ganz andere Sache.«

»Ich weiß nicht, aber manchmal denke ich, ich hätte gerne eine Tochter gehabt.«

»Du hast ja keine Ahnung, was das heißt, Ramírez. Keine Ahnung. Ich habe drei Kinder und ich würde mich nicht mit ihnen an denselben Tisch setzen, an dem sie essen. Ich meine das ernst.«

»Vielleicht hast du Recht.«

Ich sah den alten Saldívar direkt an, voller Widerwillen und Verachtung; draußen leerten sich die Bürgersteige, und nur vereinzelt durchbrach Motorenlärm die Ruhe der Straße. Felipe hatte bestimmt aufgegeben, mich noch zu treffen, und ein paar Mütter kamen aus ihren Häusern oder schauten aus dem Fenster, um ihre Kinder zu rufen. Ich kehrte genau in dem Moment an meinen Platz zurück, als die Glockenschläge einer alten Uhr ertönten. Es war neun Uhr abends, und das verrostete Pendel schaukelte in seinem Holzkasten. Die Uhr stand neben der Eingangstür. Der Alte drehte sich zu ihr um, die Kellnerin kam aus ihrem Versteck, um sich zu vergewissern, dass es neun geschlagen hatte, und das Paar stand auf, als fiele ihm plötzlich ein, dass es eigentlich woanders sein sollte.

»Ich muss gehen, du hast mir noch nicht gesagt, wie viel du verlangst.«

»Ach, Saldívar, es kostet dich so wenig, dass es nicht lohnt nachzufragen.«

»Ich möchte nicht, dass du mich aufsuchst, du weißt, wie die Leute sind.«

»Ich werde schon eine Möglichkeit finden, denk nicht mehr an mich.«

Ich setzte mich wieder auf meinen Platz, aber diesmal mit dem Rücken zu dem Ort, wo der Alte den Arm ausstreckte, um sich von Ramírez zu verabschieden. Ich musste nur aufstehen, ein paar Münzen auf die Theke legen und auf die Straßen hinausgehen, in die Spielothek, wo El Caballo bestimmt auch gerade seine Uhr konsultierte, bevor er zumachte, oder mich in mein Zimmer zurückziehen, oder herumlaufen, bis es dunkler war. Aber ich blieb. Ich blieb sogar, als der alte Saldívar an mir vorbeiging und seine Hand auf meine Schulter fallen ließ, ohne anzuhalten, ohne sich noch einmal nach mir umzusehen. Und dann die Stille, die Ungewissheit, ob in der Nacht noch etwas geschehen würde, die Angst, dass ich und er die einzigen Gäste in diesem immer finstereren, schlaftrunkeneren Café waren, als würde das Licht aus den Neonröhren jeden Moment erlöschen, aufgefressen werden von der Dunkelheit, die von den Toiletten nach vorne kam, von der Ecke, aus der er mich vielleicht beobachtete und jede einzelne meiner Bewegungen registrierte: den durch kleine, nervöse Bisse zerstörten Trinkhalm, das leere Colaglas; meine Hand, die mit der Münze spielte, die ich einfach nicht schaffte auf den Tresen zu legen.

Da fasste ich den Entschluss, mich ihm zu stellen, verdammt, seit wann war ich so mutig? Aber ich würde es tun, und das zu wissen, hielt mich dort fest, unfähig, mich zu rühren: Ich war überrascht, an diesem Tag würde sich etwas ändern, es war wie der erste Schritt, etwas anderes zu werden. Ich dachte an die Kämpfer von *Mortal Kombat*, an ihren Adlerblick, an ihre mächtigen, blutverschmierten Fäuste, an ihre zusammengepressten Kiefer, ihren unerschütterlichen Willen, vorwärts zu gehen. Und als ich bereit war aufzustehen, mich herumzudrehen und Ramírez ins Gesicht zu sehen, huschte dieser wie ein gewichtsloser Körper, wie ein Gespenst, an mir vorbei. Mit sanftem Druck öffnete er die Tür des Cafés und ging, ohne dass ich zwischen den Schriftzeichen, die jemand vor langer Zeit mit grobem Pinsel auf die Scheibe gemalt hatte, sein Gesicht sehen konnte.

Ich war erleichtert, auf einmal waren die Dinge wieder an ihrem Platz, und ich war wieder derselbe wie vorher, ich musste mich nicht vor den Zug werfen. Don

Alberto beugte sich nach vorn und versuchte nach einer alten Zeitung neben dem Fernseher zu greifen und die Kellnerin verschwand seufzend in der Küche. Es war Zeit zu gehen, ich hatte mich entschlossen: Ich würde noch ein wenig zu den Spielautomaten gehen, die bestimmt weniger besucht waren als üblich, wie immer kurz bevor El Caballo den Blechrollladen herunterließ.

Mit einem Satz sprang ich auf und legte die zwei Pesos für die Cola auf die Theke; der zuckrige Geruch des Gebäcks wurde immer intensiver, je näher man zur Tür kam. Draußen fegte ein kalter Wind durch die Straßen, und die Leute trugen die Mäntel, die sie seit Dezember trugen, es war bereits Mitte März, aber die Stadt war immer noch kalt und unwirtlich wie ein Sarg. Ich ging ein paar Schritte, die Hände in den Hosentaschen und das Kinn gegen die Brust gedrückt, als sich mir plötzlich, ich bog gerade um die Ecke, ein Mann in den Weg stellte. Es war er. Ich sah sein vom Schein einer Straßenlaterne halb erleuchtetes Gesicht. Er hatte eine lange Nase und die Knochen in seinem Gesicht traten hervor wie in den Sand geschriebene Buchstaben, er sah aus wie ein Totengräber, und doch stellte ich fest, obwohl ich ihn nur einmal gesehen hatte, dass er ein anderer war, anders als der, den meine Erinnerung an den Tag seiner Ergreifung ausgegraben hatte, es lag im Wesentlichen an den Augen, die ich mir edler vorgestellt hatte, und auch die Haut war rauer und verkommener.

»Du kennst mich«, sagte er.

Ich hatte den Eindruck, als machte er den Mund nicht auf, als käme die Stimme aus Nase oder den Augen oder einem Loch, das er wohl in der Mitte der Kehle hatte. Ich konnte mich nicht rühren, meine Beine fühlten sich so hart an wie Baumstämme ausgewachsener Bäume, ich konnte nicht einmal zurückweichen, als er auf mich zukam, ich hatte Angst, eine Angst, die ich ihm nicht zeigen wollte, aber deren Ausmaß jede Pore meiner Haut verriet und meine Augen, aus denen es wie aus Fenstern schallte: »Schau mich an, ich bin ein Feigling und mache mir in die Hose vor Angst!« Niemand kam in dem Moment vorbei, die Straße sah noch schwärzer aus als sonst, nur der Kiefer blitzte wie das Gebiss eines Krokodils.

»Ich erinnere mich nicht«, erwiderte ich.

Ich hätte besser schweigen sollen, denn meine Stimme kam dünn und kreischend wie die Klage einer Frau heraus. Ich war ein Schisser, ein verfluchter Schisser.

»Manchmal kommen Jungs in deinem Alter zu mir, weil sie ein bisschen Geld verdienen wollen. Du weißt, wo du mich findest, wenn du mich brauchst«, sagte er und blickte in Richtung Café.

Ich versuchte, ihm durch eine Seitwärtsbewegung zu entkommen, aber er, der viel flinker war, hielt mich fest. Seine Finger gruben sich fest, aber ohne Gewicht wie die Beine einer Tarantel in mein Schlüsselbein. Ich wollte ihm sagen, er solle sich zum Teufel scheren und mich in Ruhe lassen, aber aus meinem Mund kam kein einziges Wort, weil meine Lungen leer waren und Herz und Zunge zitterten. Mir blieb keine andere Wahl, als zu schweigen, während die Spinnenbeine von meiner Schulter bis zum Halsansatz wanderten. Er sprach wieder:

»Ich brauche einen wie dich, der zur Schule geht und was für Geld übrig hat. Komm zu mir, du weißt ja, wie ich heiße.«

»Ich hab' schon gesagt, ich kenne dich nicht.«

»Natürlich kennst du mich, und wenn du dich nicht erinnerst, dann frag doch deine Schwester.«

Neben uns spürte ein dürrer kupferfarbener Hund in einem Müllbehälter die abgenagten Knochen eines Hähnchens auf. Wenn ich wenigstens ein Hund wäre, dann hätte ich mich verteidigt, wenn ich wenigstens ein Messer gehabt hätte, wenn die Angst mich nicht zerfressen würde; ich dachte, nach diesem Abend könnte ich die Demütigung nicht mehr ertragen, in meinem Zimmer kauernd würde es mir sehr schwer fallen, ruhig zu bleiben, wenn ich an Ramírez' Gesicht dachte, an die Spucke auf meiner Schuhspitze, an den sanften Klaps in den Nacken, den ich als Beweis des Mitleides sah, das ich in ihm erweckte. Nachdem er mir auf den Schuh gespuckt hatte, hatte er seine Fußsohle darauf gestellt, um die Spucke wegzureiben, ohne nach unten zu schauen, er bewegte nur rhythmisch den Fuß von einer Seite zur anderen und quetschte meine Zehen, und er sah mir in die Augen, als er wiederholte: »Wenn nicht, dann frag deine Schwester.«

Und dann trollte er sich und ging die Straße zum Hotel Orizaba entlang, die von ungleichen, kranken Häusern, von alten Autos und fauligen Bäumen mit dem Urin von Hunden und Menschen gesäumt wurde. Er ging an die Hauswand gedrückt wie ein Schatten und wich den Schnauzen der Autos auf dem Bürgersteig aus, langsam, als wüsste er nicht, dass ich ihn verfolgte und einen Stein aufgehoben hatte, um ihn ihm an den Kopf zu werfen; er marschierte sorglos weiter, ohne sich umzudrehen, als wüsste er auch, dass ich mich nie trauen würde, das zu tun, weil ich ein Feigling war, und nur eine Pantomime aufführte, und versuchte jemanden vorzustellen, der ich nicht war, mich dem weitest möglich anzunähern, aber es reichte einfach nicht. Ich war wütend auf mich, ich hasste meine Arme, mein Gesicht, die stupide Trägheit meiner Schritte, ich fühlte wieder seine wie eine Prothese auf meinen Nacken aufgepfropfte Handfläche, seinen über meinen schleifenden Fuß, und da warf ich den Stein, so kraftvoll wie möglich, aber ich spürte, dass die Muskeln meines Armes rissen wie die schwachen Fäden eines alten Lumpen.

Rogelio trug Hosenträger aus reiner Gewohnheit, nicht weil er sie brauchte. Zum Festhalten der Hose zog er

Gürtel vor, insbesondere den aus schwarzem Leder mit der goldenen Schnalle, das Geschenk einer der Huren, die in seinem Hotel übernachteten, oder besser gesagt in dem Hotel, das er seit mehr als zehn Jahren in eigener Regie führte, als wäre jedes Zimmer ein vertrauter Raum seines eigenen Hauses. Er ruhte bequem in seinem Sessel, die Augen geschlossen, als plötzlich Fingerspitzen über seinen Halsansatz fuhren und ein Geruch von Minze und Tabak seine Nase reizte; er wollte die Augen nicht aufmachen, denn er wusste, um wen es sich handelte; er wollte lieber so verharren, ohne zu schlucken, er atmete ein wenig tiefer ein und ließ die Worte linkisch aus seinem Mund strömen.

»Du bist doch schon groß, Junge. Findest du nicht?«

»Und du? Du siehst aus wie ein Kind, das in der Wiege schläft, sei vorsichtig oder du machst es nicht mehr lange.«

»Ich habe keine Feinde, Johnny. Alle lieben mich.«

»Weil sie dich nicht kennen. Und, haben wir eine Hochzeit oder nicht?»

»Sie wartet auf dich. Sie sind noch keine fünfzehn Minuten drin ..., der Bräutigam dürfte gerade die Hosen runterlassen.«

Ramírez schaute auf die Holztafel, fast alle Schlüssel waren da, es fehlte nur der von Zimmer 22 ...

»Wer ist in der 22?«

»Ein Kerl, allein. No problem.«

Die Rezeption bestand aus einer halbmondförmigen in den Boden eingelassenen Granittheke, einem alten mit Leinen gepolsterten Sessel auf kurzen Füßen, einer Gummimatte und einem Buch mit festem Pappdeckel, in dem Rogelio die Geschäftsvorgänge im Hotel festhielt. An der Wand hing neben dem Brett mit den Schlüsseln der 30 Zimmer eine gerahmte Fotografie: ein nur mit Badehose bekleideter Mann, der herausfordernd in den Horizont blickte, es war ein sehr großer Mann mit einem leicht melancholischen Gesichtsausdruck. Ramírez blätterte das Buch durch, das für jeden anderen vollkommen unentzifferbar war, voller leerer Flächen, Additionen und Subtraktionen, Fußnoten, sogar kleinen Bildchen und Sätzen, die Rogelio im Laufe des Tages in den Sinn kamen.

»Nimm das Bild ab. Bist du schwul?«

Ramírez ging auf die Treppe zu und berührte den soliden Körper des in einer Innentasche des Sakkos neben den Minzbonbons steckenden Messers. Er verspürte ein leichtes Kribbeln in der Magenmitte, das Magma einer früheren Eruption, die fortschreitend seine Eingeweide zerstörte, vielleicht Zorn oder Eifersucht, Groll auf sich selbst. Er biss die Zähne zusammen, denn er sah das Bild wieder vor sich, wie Rebeca nackt auf dem Bett kniete, gepackt von den Händen und dem Glied eines Unbekannten, stöhnend wie eine Hyäne, besessen von einer zu ihrem Bedauern erlebten Lust, ihre langen, spitzen Finger in die fremde Haut gekrallt, die mit ihrer durch Schweiß und Erregung verbunden war. Er musste nur noch ein paar Stufen hinaufsteigen, links abbiegen und sich vor eine Tür ohne Nummer, den losen Schalter, den weiß gestrichenen Türrahmen und den groben Teppichboden stellen. Er hielt inne, als er das Flüstern hörte, ganz leise, als spräche man einem Kind ins Ohr, geraunte Worte, die nie zu Ende gesprochen wurden, keinen Sinn ergaben. Er griff nach dem Schlüssel und als er ihn mit einem einzigen Stoß in das Schlüsselloch geschoben hatte, verschwand Rebecas Stimme wie ein trügerisches Zeichen, dem Ramírez keine Bedeutung beimessen wollte. Denn er nahm sich noch ein paar Sekunden Zeit, um mit einem Taschentuch den Griff des Messers und den Schweiß von seinen Händen zu wischen, bis beides, Hand und Messer, trocken und rau waren, bereit wie zwei Stahlplatten miteinander zu verschmelzen. Und dann stieß er sanft die Tür auf und sah die Umrisse einer halbnackten Rebeca, deren Oberkörper nur von einem knappen BH bedeckt war, die Beine steckten bis zur Leiste in aschgrauen Nylonstrümpfen. Stehend blickte sie Ramírez direkt an, während die Hände des Mannes ihre Pobacken zusammendrückten und gierige Zähne sich in das Fleisch des Bauches gruben und dann zu den Hüften wanderten.

Er war nicht älter als dreißig, sauber rasiert, hatte breite Schultern und eine haarlose Brust wie eine ausgetrocknete Ebene, er war noch bekleidet, nur das sehr elegante Hemd war aufgeknöpft und die Hose hing locker in der Taille. Sie wich zurück und löste seine Hände, sie entschlüpfte ihnen, als wäre ihre Haut die feuchte Oberfläche eines Mooses; »Warum?«, fragte der Verwirrte, der Ramírez noch gar nicht bemerkt hatte, der vor dem Bett stand und ihn ansah wie der Wolf, der sein Opfer in Augenschein nimmt, bevor er sich darauf stürzt. Da merkte er, dass man ihn hereingelegt hatte: Er sah das Messer, die geschlossene Tür, den Lichtschein, der den Körpern eine dunkle Politur verlieh. Er sah sie an, dann das Fenster, aus dem er nicht springen konnte, ohne sich sämtliche Knochen zu brechen: Sie hatten ihn hereingelegt. Auch Ramírez starrte Rebeca an, als wäre sie der Punkt, über den sie kommunizierten, er durchschnitt die Luft mit dem Messer, er bewegte es behände von oben nach unten und schuf ein magnetisches Feld, in dessen Zentrum der andere geraten sollte.

»Ich will nur das Geld«, sagte Ramírez, »dir passiert nichts.«

Sie zeigte auf eine offensichtlich unter einem Kissen verborgene Tasche.

»Ich habe nichts, das ist meine erste Reise«, sagte er.

Währendessen durchsuchte der Freier verzweifelt seine Taschen, denn er fürchtete eine Sekunde zu lang zu brauchen und den Räuber ungeduldig zu machen.

Auf den ersten Blick handelte es sich um einen harmlosen Kerl, aber um das zu überprüfen, musste Ramírez seine Stimme hören und sich vergewissern, mit wem er es zu tun hatte.

»Wie viel Geld ist das?«, fragte er und wiegte das schmale Geldbündel in der Hand.

Er hörte irgendeine Zahl; dann führte er die Messerspitze bis an die nackte Brust des Mannes und zog mit einer einzigen Handbewegung eine kurze Linie, an deren unterem Ende sich ein Blutstropfen bildete. Es waren mehr als 10 Scheine, brandneu, rot und grün wie die Farben der Flagge.

»Mach deine Arbeit zu Ende«, befahl er Rebeca, seine Worte rau mit einer Verachtung aufladend, die in dem Moment nicht mal aufgesetzt klang.

Sie kniete sich hin, auf ein Stück Teppich, um die Knie zu schonen, und öffnete den Reißverschluss an seiner Hose.

Sie hörten, wie er sagte: »Bitte lasst mich gehen, ich hab dir alles gegeben, was ich habe.«

Er hatte den Gesichtsausdruck eines verängstigten Kindes, aber sie wollte ihm einen blasen, vor Johnny.

»Ich werde dich begleiten. Lass uns gehen«, sagte Ramírez und gab ihm einen Klaps auf die Schulter. »Und mach keinen Blödsinn, das bringt nichts.« Und dann an sie gewandt: »Und du bleibst hier, fünf Minuten, dann gehst du.«

Sie gingen gemeinsam hinunter, Johnny hatte das Messer in die Tasche gesteckt und ging dicht hinter ihm; niemand an der Rezeption, das Buch war zugeklappt.

»Weißt du, wer das ist?«, fragte er ihn und zeigte auf das Foto an der Wand, aber der andere schüttelte den Kopf.

Sie gingen auf die Straße und da bemerkte er den leichten Alkoholgeruch und den Duft des Rasierwassers, der sich an den Stoff des Sakkos seines Opfers geheftet hatte. Das zwei Straßen vom Hotel entfernt geparkte Auto war kein ganz neues Modell, aber die Karosserie war tadellos, es hatte neue Reifen und Sportlenkrad. Ramírez gab ihm die Schlüssel, die er vorher aus seiner Tasche genommen hatte, und sagte:

»Lass dich hier nie wieder blicken, vögel lieber deine eigene Schwester.«

Sie waren die zwei Blocks zusammen gegangen wie zwei Freunde, die nach einem ausgiebigen Kneipenbummel nach Hause gehen; leere, düstere, gleichförmige Straßen mit den Namen von Persönlichkeiten, die niemand kannte, sehr komplizierte Namen, wie aus dem vergangenen Jahrhundert. Johnny nahm die entgegengesetzte Richtung von dem Auto, das sich langsam entfernte. Dann bog er in eine Straße ab, die scheinbar eine Sackgasse war. Und dort verschwand er.

Nie zuvor hatte sie den Wunsch verspürt, sich einzumischen, aber diesmal hätte sie gerne, wenn auch nur einmal, die Spielregeln geändert; ob Johnny gemerkt hätte, dass sie leicht angetrunken war?

Rebeca war da gestanden, gewohnt, sich die dummen Bemerkungen anzuhören, die man ihr aus den fahrenden Autos zurief, aufmerksam achtend auf die Annäherungsversuche möglicher Freier, die verdächtige Nähe der Fußgänger, die vorgetäuschten Razzien der Polizei, um ihnen Geld abzuknöpfen, als sie sah, wie er sein Auto an der gegenüberliegenden Ecke abstellte und ohne Zögern auf sie zukam, als wären sie verabredet. Sie dachte sofort an den Maximalpreis, vielleicht sogar ein wenig mehr, »mal sehen, ob es klappt, es ist ja noch früh«.

»Das ist viel zu wenig für dich«, hatte er gesagt, als er neben ihr saß, ernst, und seinen Sicherheitsgurt einrasten ließ und sie aufforderte, dasselbe zu tun.

»Als wäre es wahr«, dachte sie, als wüsste niemand, dass sie auch für die Hälfte des Geldes mit ihm gegangen wäre. »Er hat kein Geld, lass ihn ziehen«, hätte sie beinahe zu Johnny gesagt, und als sie jetzt daran dachte, tadelte sie sich schon dafür, so etwas überhaupt auch nur gedacht zu haben: »Ich bin für immer erledigt.« Wie konnte es ihr nur in den Sinn kommen, sich für einen Unbekannten einzusetzen? »Juan würde das nicht verstehen, ich bin für immer erledigt.« Vielleicht hatte sie sich von seinen eleganten Manieren und seinem Feine-Herren-Parfum beeindrucken lassen; von dem stoßweisen Atmen, mit dem er sie entkleidet hatte, von dieser Torheit, sie jedes Mal um Erlaubnis zu fragen, wenn er ihr ein Kleidungsstück ausziehen wollte. Sie tröstete sich mit dem Gedanken, dass Johnny das auch verstanden hätte, mit dieser seltsamen Art, immer alles zu wissen, den anderen zuvorzukommen, als wäre er ihnen stets eine Nasenlänge voraus. »Er ist ein verschlagener Mistkerl«, dachte Rebeca und stellte sich vor, wie er neben dem Jungen herging, sie war hellwach, wie damals in Kindertagen, als er sie überall hin begleitet hatte, bei den Botengängen genauso wie in die Schule, ohne ein Wort zu sagen, »Als wäre er stumm«, dachte sie, während sie, die Zimmerschlüssel fest in der Hand, die Treppen hinunterging; sie kannte den Weg auswendig, sie könnte die Augen schließen und weitergehen, ohne über die Stufen zu stolpern, deren übermäßige Höhe schon manch einen Betrunkenen ins Trudeln gebracht hatte.

Das Licht der Rezeption erleuchtete gerade einmal die Hälfte der Treppe, ein schales Licht, das den Gegenständen gespenstische Umrisse verlieh und an ihrer Anwesenheit Zweifel aufkommen ließ, als wären sie nur für ein paar Sekunden da, um dann für immer zu verschwinden. Rogelio, breitbeinig in seinem Sessel sitzend, sah aus wie eine von einem Kind liegen gelassene Stoffpuppe. Rebeca ließ den Schlüsselbund auf die Theke fallen, jetzt musste sie dieselben Stufen wieder hinauf und in Johnnys Zimmer gehen, auf ihn warten und das Zählen der Uhr nicht beachten, vielleicht Stunden, vielleicht ein paar Tage, in seinem Bett ausharren, auf das Geräusch des Schlüssels horchend, das niemals jemand bemerkte, das Geflüster aus den Nachbarzimmern, das sich durch die dünnen Wände, schwach wie riesige Bögen Papier, bohrte.

»Lange schon nicht mehr so ruhig gewesen. Ich weiß nicht, warum, aber manchmal habe ich den Eindruck, das Hotel liegt mitten in der Wüste«, murmelte Rogelio, die Hände auf dem Bauch liegend und das Gesicht zerklüftet von Verfall und Langeweile.

»Hoffentlich bleibt es so«, sagte Rebeca leise.

»Wird es.«

Als sie in Johnnys Zimmer war, tastete sie mit den Fingerspitzen die Wand ab, bis sie die kleine Erhebung des Lichtschalters gefunden hatte. Die Neonlichter, die das Marlboroplakat anstrahlten, hatten, genau wie die der Rezeption, einen schwachen Schimmer, einen scheuen Widerschein, der in Ramírez' Zimmer drang, als wäre alles, das Hotel, die Straße, Rebeca selbst, der Stoffvorhang, von einer Hand gezeichnet, die kein Interesse am Detail hatte. Als sie das Licht anmachte, bekamen die Gegenstände erneut ihr scheußliches, ungepflegtes Erscheinungsbild, und diese von dem anderen Licht vergessenen Details verwundeten das Innere des Zimmers wie unzählige Messerstiche. »Besser im Dunkeln«, dachte sie und drückte wieder auf den Lichtschalter. »Ich habe keinen Hunger, nie habe ich Hunger, ich werde doch nicht krank sein?« Sie warf sich rücklings auf das Bett, ohne den Wunsch, sich auszuziehen, und öffnete die schwarze Ledertasche und tastete nach der Spritze. Sie erinnerte sich an jemanden und sah sich selbst vor zwanzig Jahren, zu der Zeit, als sie die ersten Röcke, Kniestrümpfe und weiße Blusen mit Schildkrötenkragen trug, als ihr Vater früh aufstand und sie das Plätschern der Dusche, das schlaftrunkene Raunen der Mutter und das hohle Geräusch beim Öffnen des Kühlschranks hörte, und sie wusste, dass sie noch eine Stunde im Bett bleiben konnte, sechzig lange Minuten, bevor sie die Schritte einer immergleichen Routine tun würde, bevor sie den Arm ausstrecken würde, um den reglosen Körper ihres Bruders zu berühren und zu ihm zu sagen: »Es ist sieben, steh auf, raff dich auf«.

Sie streckte sich, als wäre sie immer noch ein Teenager, aber ein leichter Schmerz in der Wirbelsäule erinnerte sie mit einem Mal an Arcelias alte Warnung: »Wenn du dir weiter diesen Mist spritzt, ist es bald mit dir vorbei«. Sie musste lachen, weil es ihrem Verstand gelungen war, ihrer Erinnerung ein deutliches Bild von Arcelia zu entreißen, die großen, wachen Augen, die winzige Taille, das Staunen in ihren Augen, wenn sie Rebeca beobachtete, wie sie die Substanz vorbereitete und dann die Nadel zwang, die Flüssigkeit einzusaugen, ihre Vorwürfe und das angewiderte Gesicht, wenn Rebeca in die Vene stach. Sie hätte es lieber gesehen, wenn Arcelia nicht so früh gestorben wäre: »Da hat sie so auf mich eingeredet und dann ist sie wegen einem Blödsinn draufgegangen«. Und dann das Bild von El Jabo, an die Wand gelehnt, die man vom Fenster des Klassenraumes aus sehen konnte, El Jabo mit seinem dürren Körper und dem Laster, sich eine Zigarette nach der anderen anzuzünden, wie er am Ausgang der Schule auf sie wartete, nicht nur auf sie, auch auf Vicente, aber besonders auf sie, auf der Suche nach Kunden, er studierte ihre Gesichter und ihr Alter, die Art, wie sie reagierten, wenn er ihnen eine Zigarette anbot, vor allem die, die Vicente ihm vorstellte, stets aufmerksam, wenn er in Begleitung von einem Jungen auf ihn zukam: »Hör mal, Jabo, der hier ist schon ein echter Kerl, und dabei ist er gerade erst auf die Schule gekommen«, sagte Vicente und dann gingen sie zu dritt Richtung San Simón, zu einem Ort, den Rebeca schon kannte, neben dem Vorhof der Kirche, in einem Haus, wo El Jabo ein Zimmer gemietet hatte: Ein Würfel aus Beton und Ziegelsteinen, dessen einziger Luxus der Fernseher und der elektrische Rasierer waren und wo sie zum ersten Mal gefixt und auch mit El Jabo gevögelt hatte, und dann auch mit Vicente, kurz bevor er die Kolonie verlassen hatte, kurz bevor alles den Bach runterging.

»Warum sich daran erinnern? Damals ging es mir nicht besser als jetzt, auch wenn ich jünger war und noch Träume hatte.« Sie zog den Strumpfhalter aus und legte ihn um den Arm, ihr kleiner Bizeps wurde ganz rot von dem angestauten Blut; dann stach sie die Nadel in die Vene und spürte, wie ihre Haut bei der Berührung mit dem Metall hart wurde, es tat nicht weh, als die Nadel die Oberfläche der faserigen Borke durchstach: »Ich fühle nichts, es ist, als würde ich in den Arm eines anderen spritzen.«

»Verdammt! Lass das, Rebeca, warum tust du das?«

Im Türrahmen sah Rebeca diffus wie einen chinesischen Schattenriss die Gestalt Rogelios.

»Was willst du? Für dich ist nichts da.«

»Wenn Johnny nicht kommt, bringe ich dir etwas zu essen, ich wollte dich nur fragen, ich wusste nicht, dass ...«

»Bring mir nichts. Ich habe keinen Hunger und ich werde auch keinen bekommen, das hier ist mein Essen.«

El Jabo dürfte über dreißig gewesen sein, obwohl er immer tat, als sei er viel älter, und manchmal glaubte man ihm das, denn sein Gesicht war sehr knochig, er hatte fast keine Haut, oder besser gesagt eine sehr dünne Haut, und er strich sich immer über den Hals und befühlte sich, als hätte man ihm gerade einen Strick abgenommen und er spürte noch das Brennen.

Irgendwann hatte El Jabo Rebeca zu sich geholt. »Ich bin im Alter, eine Familie zu gründen, vernünftig zu werden«, sagte er, und sie nutzte die Gelegenheit, sich an ihn zu hängen und sich so von dem quälenden Bild der häuslichen Möbel zu befreien, von dem ockerfarbenen Sessel, dem Kunststofftisch, all den Hochzeitsfotos an der Wand, dem Philco-Fernseher, den schmutzigen Pfannen, den bestickten Tischtüchern, all den Gegenständen, die sie während ihrer Kindheit um sich gehabt hatte; um Johnny das Bett zu überlassen … »dann kann er die eine oder andere flachlegen, wenn ihm danach ist«, und um vor der energischen Stimme des Vaters zu fliehen, der immer ein abstoßender autoritärer besserwisserischer Ton anhaftete: »So kannst du nicht auf die Straße gehen, du merkst das nicht, aber du wirst eine junge Frau und ich will nicht, dass …«, meistens brachte er sie auf die Palme … »Aber das mit dem Jabo dauerte nicht lange, eines schönen Tages verschwand er und kam nicht zurück, und ich musste arbeiten, um die Miete für das Zimmer zahlen zu können, irgendwas, umso mehr, als Johnny bei mir einzog, weil auch er, genau wie ich, dieses Leben satt hatte. Da muss er so siebzehn gewesen sein, wie gut, dass er das gemacht hat, wie gut, dass er den Entschluss gefasst und alles hinter sich gelassen hat.«

Rebeca nahm das um den Arm gebundene Strumpfband ab und warf die Spritze auf den Boden. Ein Blutstropfen, dick wie Atole, rann über ihre Haut. Die Erinnerungen wurden zu vagen Bezugspunkten, zu Ereignissen, die sich in einer fernen Zeit zugetragen hatten, so fern, dass es ihr unmöglich schien, daran teilgenommen zu haben. El Jabo, Vicente, Arcelia …, es fiel ihr schwer zu glauben, dass nach so vielen Jahren des Alleinlebens nur diese drei Namen übrig geblieben sein sollen, drei Menschen, von denen sie darüber hinaus nie genug erfahren hat, um mehr von ihnen zu haben als Fetische, kaputte Bilder, vage Erinnerungen: »Wenn Johnny kommt und mich so sieht …«.

Es war noch nicht sechs Uhr morgens, als ein Mann von kleiner, untersetzter Statur mit einem bis zum Hals geschlossenen Sakko stehen blieb, um den Schlüssel zu wählen, der ihm das Vorhängeschloss zu dem Laden öffnen würde, in dem er seit mehr als zwei Jahren arbeitete. Er war in der Lázaro Cárdenas aus dem Bus gestiegen und die Francisco Rivas entlang gegangen, die Hände in Wollhandschuhen und die Augen noch träge von den üblichen sieben Stunden Schlaf. Er war etwas über vierzig und jeden Morgen öffnete er die Kneipe, in die Stunden später die ersten Gäste strömen würden. Er beugte sich herab, um den Schlüssel in das Schloss zu stecken, das klein wie ein Fischauge war, und er fühlte, wie ein eiskalter Luftstrom in die Ärmel seines Sakkos drang. Er merkte nicht, dass ein Mann hinter ihm ihn beobachtete. Aus Erfahrung wusste er, dass die Straße um diese Zeit normalerweise leer war und niemand auf eine Distanz von unter hundert Meter unbemerkt bleiben würde; aber diesmal war Johnny aus dem Inneren eines Gebäudes aufgetaucht, dessen zerfallene Tür ihm einen Anflug von Elend und Einsamkeit verlieh; er war aus dieser Tür gekommen und die weniger als zwanzig Meter gegangen und er hatte sich direkt hinter den Mann gestellt, der sich jetzt mit dem Schloss in den Händen aufrichtete.

»Warum schließt ihr überhaupt ab, wenn ihr so früh wieder aufmacht?«, fragte Ramírez.

»Ich mache noch nicht auf, ich komme, um sauber zu machen, kommen Sie so gegen elf wieder, mein Wertester.«

»Um elf bin ich tot.«

»Dann kommen Sie und wir beleben Sie wieder«, sagte der Mann und öffnete mit einem Fußtritt die metallene Tür, die, frei von allen Schlössern, einen üblen Geruch nach Urin und Bier entweichen ließ.

»Ich will nur einen Drink, einen einzigen. Ich habe in fünfzehn Minuten eine Verabredung«, insistierte Ramírez und stand schon mit einem Fuß in der Kneipe.

Der Mann machte eine Lampe an und ging auf die Theke zu. Das Mobiliar war seit vielen Jahren nicht erneuert worden; am Fuß der Theke standen mehr als zwei Meter getrennt zwei Spucknäpfe aus Blech und ein Ventilator mit riesigen Flügeln schwebte über dem Tisch in der Mitte, demselben Tisch, von dem aus Johnny die linkische Gestalt des Mannes bei seinen ersten Routineverrichtungen verfolgte; er sah, wie er in den Keller ging und Sekunden später mit zwei Plastikeimern wieder herauskam und dann wieder dorthin zurückkehrte, um einen Schrubber und einen Putzlappen zu holen.

»Ich muss hier sein, weil gleich der LKW mit dem Eis kommt und später das Bier, die Schinderei fängt früh an, so ein Mist.«

»Man muss seinen Lebensunterhalt verdienen.«

»Bleibt einem nichts anderes übrig, wir sind eben nicht reich geboren, nicht wahr? Was kann ich Ihnen bringen?«

»Rum und Tomatensaft.«

Sie hörten beide den dumpfen Schlag der auf dem Bürgersteig landenden Eisblocks.

»Da ist das Eis. Ich hol es gleich rein, sonst werden sie noch geklaut, es gibt so viel Gesindel.«

»Immer mit der Ruhe, ich hole es, bringen Sie mir, was ich bestellt habe.«

»Danke, junger Mann, sehen Sie, hier ist die Zange, fassen Sie die Eisblocks damit und schleppen Sie sie hierher. Währenddessen gieße ich Ihren Rum ein.«

Ramírez schaute hinaus und sah nur noch die Rücklichter des um die Ecke biegenden LKW. Auf dem Bürgersteig lagen zwei große, lange Eisblocks wie Särge. Er schaffte erst den hinein, der ihm kleiner erschien, und dann den anderen, indem er sie mit der Spitze der Zange fasste und sich ein wenig vorbeugte, um mehr Kraft in den Knien zu haben. Die Eisblocks hinterließen, erst auf dem Pflaster und dann auf dem Zementboden der Kneipe ein feuchte, glatte Spur wie von riesigen Würmern. Als er drinnen war, schloss Ramírez die Tür und nahm wieder seinen Platz auf dem Stuhl ein.

»Um wie viel Uhr kommt das Bier?«, fragte er zerstreut.

»So gegen acht«, erwiderte der Mann und stellte das Glas mit der roten Flüssigkeit auf den Tisch. »Früher habe ich auch so früh getrunken wie Sie. Ich fing mit einem an und dann konnte ich drei, vier Tage lang nicht mehr aufhören, fast hätte es mich erwischt.«

»Das ist nicht der erste des Tages, sondern der letzte der Nacht«, scherzte Ramírez.

Dann legte er eine Serviette um das Glas und führte es an den Mund. Vielleicht würde er sich eines Tages an gar nichts erinnern, nicht an die Gründe, nicht an die Gerechtigkeit und auch nicht an den Geruch dieser Bar, der so penetrant war, dass es den Anschein hatte, als entstünde er in dem Glas. Er dachte daran, dass es streng genommen nichts Ungerechtes gab, es gab immer einen Blickwinkel, aus dem die Dinge ganz anders aussahen.

»Ich werde meine eigene Kneipe aufmachen. Sie glauben mir nicht? Geben Sie mir ein Jahr, nicht mehr …«

Ramírez maß den immer belebter und freundschaftlicher sprudelnden Worten keine Bedeutung bei, nur den Gesten, er sah seine Hände an und versuchte sich vorzustellen, es handele sich um eine Karikatur wie bei Tom und Jerry.

»... ich muss nur erst noch mit einem Mistkerl abrechnen. Geben Sie mir ein Jahr und Sie werden sehen, dann lade ich Sie zu meiner Einweihungsfeier ein«, sagte er, drehte sich um und ging zur Theke, auf der er eine weiße Schürze ausgebreitet hatte.

Soweit er sich erinnerte, hatte noch nie jemand einen Tomatensaft mit Rum bestellt, oder vielleicht doch, »es gibt immer irgendwelche Verrückte«. Er legte die Schürze an, band sie um die Taille und schaute misstrauisch zu dem Platz, den Ramírez verlassen hatte. Er spürte etwas im Magen, wie ein Stich, dieser Schlag, der kommt, wenn der Instinkt alles begriffen hat, das war eine Sekunde, bevor die beiden Spitzen der Zange seinen Hals durchstießen und seine Luftröhre zerstörten. Ramírez sah, wie der Blutstrom auf die Theke spritzte, kraftvoll wie ein Wasser speiender Siphon. Er kehrte an den Tisch zurück und stürzte den scharlachroten Rest aus dem Glas hinunter, es schmeckte gar nicht so schlecht. Er überlegte sogar, ob er sich noch einen mixen sollte, aber dann verwarf er den Gedanken, denn er wusste nicht genau, welchen Rum das Opfer genommen hatte. Vielleicht Antillano oder Havana Club.

Es gab streng genommen nichts Ungerechtes, und doch hatte er die Gründe des alten Saldívar gutheißen können. Er tötete nie, wenn er nicht überzeugt war, irgendetwas Gutes zu tun. »Sie sterben sowieso, dann ist es besser, wenn es schnell geht und sie aufhören, die Lebenden zu nerven.« Er tötete nur, wenn er sich sicher war, dass Gott ihm verzeihen würde, deshalb empfand er nie Reue, denn ohne zu wissen, wie, hatte er das Gefühl, die Erlaubnis zu haben. »Wozu ins Hotel zurückkehren?«, überlegte er. Er sollte besser durch die Isabel La Católica Richtung Norden gehen und sich ein Zimmer in einem anderen Hotel im Zentrum mieten, eines von denen, die sich wiederholten, als hätte man sie ausgehend von ein- und derselben Form gebaut. Er wollte schlafen, ein wenig fernsehen, er brauchte das Gebrabbel des Nachrichtensprechers, den sanften über allen Zimmern liegenden Putzmittelgeruch, das von dem Gerät ausgehende Licht, das ihn belebte, als tauche er in eine laue Quelle. Ein, zwei Tage schlafen, den ranzigen Geruch der Kneipe und die Färbung des Himmels vergessen, rosa und blau, violett und blau, wie ein Stück verderbendes Fleisch. Er ging durch ein paar Straßen in der Nähe der Isabel La Católica; seine nach Eisen riechenden Hände hatten den Geruch der Zange angenommen. Er fuhr mit der Zunge über beide Handflächen und schmeckte den bitteren Geschmack des Rosts. Er war nicht mehr als drei Blocks weit gelaufen und er hatte schon zwei alte Frauen gesehen, die die Straße kehrten, sie wirbelten den Staub auf von dem heruntergekommenen Asphalt, den Ausdünstungen und dem Auswurf, den Flecken, die alles Lebende hinterließ: die Hunde, die Kinder, die Vögel. »Guten Tag«, hatte eine zu ihm gesagt, aber er war ungerührt weitergegangen, den Blick auf das am Horizont aufscheinende Schild des Hotels gerichtet, die Hände wie immer in den Taschen des Sakkos vergraben, um sich vor der Kälte zu schützen, die nicht mehr in der Luft war, sondern die sich im Mark eines jeden einzelnen Knochens eingenistet hatte.

An dem Morgen war ich der Erste, der, das Gesicht noch feucht vom kalten Wasser und die Augen vom Gewicht des Schlafes fast geschlossen, am Tisch saß und darauf wartete, dass meine Mutter aus der Küche kam und überrascht sein würde, mich so früh vorzufinden, an dem Platz, von dem mein Vater vor etwa zehn Minuten, im Esszimmer einen beißenden Geruch nach Deodorant hinterlassend, aufgestanden war.

Ich hatte die bequemen Strümpfe vom Vortag angezogen und auch dasselbe Hemd, das ich nicht einmal zum Schlafen ausziehen wollte, es war saukalt, denn wir hatten das kälteste Zimmer, eines ohne Fenster, in das nie die Sonne kam, klein, gerade genug Platz für Bett und Kleiderschrank, direkt neben dem meiner Eltern, das größer war, fast doppelt so groß, und es hatte ein Fenster, von dem aus wir die auf der Bolívar fahrenden Autos beobachten konnten.

Elena schlief noch, obwohl der Wecker zur erwarteten Zeit geklingelt hatte, auf dem Bauch, das Gesicht im Kissen vergraben, und dabei hatte ich gegen die Matratze getreten und den Alarm erneut aktiviert. Ich war wegen ihr um diese Zeit auf, weil sie mich darum gebeten hatte, sie nach La Lagunilla zu begleiten, um Schuhe zu kaufen; deshalb war meine Mutter perplex, als sie mich aus der Küche kommend dort sitzen sah, kalkweiß, mit wirrem Haar, den Blick noch im Schlaf der Nacht verloren, die gerade gestorben war.

Wir bewohnten eine der drei Wohnungen im dritten Stock eines fast einstürzenden Hauses, meine Großmutter hatte schon dort gelebt, sie war in dem Zimmer gestorben, das jetzt Elena und ich teilten. »Hast du nicht heute Nacht die Schreie der Großmutter gehört?«, fragte mich Elena, nur um zu nerven, aber mir machte das keine Angst, denn ich wusste, dass die Toten nur in ihren Gräbern schrien, wenn sie lebendig begraben wurden. »Du wirst schon sehen, was du für einen Schreck kriegst, wenn du siehst, wie sie da sitzt und dich anstarrt, mal sehen, ob du dann auch noch so mutig bist«, sagte Elena immer wieder. Die Miete war seit ich weiß nicht wie vielen Jahren eingefroren, so viele, dass mein Vater erwachsen werden, heiraten und Kinder bekommen und meine Großmutter an einer Lungenkrankheit sterben konnte. Die Wände waren von einer gelben Farbschicht bedeckt, die ein paar Tage vor meiner Geburt aufgebracht worden war: »Wir wollten dich in einer renovierten Wohnung empfangen«, sagte meine Mutter immer, die mich jetzt von ihrem Stuhl aus argwöhnisch belauerte und Fragen stellte, »Wollt ihr wirklich nach La Lagunilla?«, und halb schlafend Warnungen stammelte. Da hörten wir die Rufe und Pfiffe von Felipe, der mich von der Straße aus rief, lange, hohe Pfiffe, die er erzeugte, indem er die Zunge wie einen Taco zusammenrollte, mit dem nötigen Druck, um die drei Stockwerke, die Wände und den Schlaf um acht Uhr morgens zu überwinden, und ein paar kurze, aber kraftvolle Schreie, mit denen er meinen Namen rief, dass es die gesamte Nachbarschaft hören konnte. In der plötzlichen Gewissheit, aufgewacht zu sein, stand ich auf und ging in das große Zimmer, stellte mich ans Fenster und sah Felipe auf dem Kofferraum eines Wagens sitzen und nach oben schauen, vielleicht überrascht, dass ich so schnell auf sein Rufen reagiert hatte.

»Sie haben im El Moro einen getötet, komm, wir schauen uns das an!«

Ich ging langsam die Stufen hinunter, als mäße ich dem keine Bedeutung bei, was Felipe mir gerade gesagt hatte. »Was geht mich das an? Jeden Tag werden Leute umgebracht«, wollte ich zu ihm sagen, aber als ich durch den Hauseingang gegangen war und einen Schritt entfernt vor ihm stand, sagte ich etwas anderes: »Du hast sie doch nicht alle, da weckst du mich wegen einem verdammten Toten.«

»Und warum bist du dann heruntergekommen? Wir sehen uns das an, sei kein Weichei.«

»Und woher weißt du, dass sie ihn umgebracht haben? Hast du ihn gesehen?«

»Ich bin gerade da vorbeigekommen, Leute drängten sich in der Tür, die Polizei ist noch nicht da. Ich glaube, der Tote ist in der Kneipe. Los, komm, vielleicht kommen wir ins Fernsehen!«

»Na schön, aber ganz ruhig, damit er nicht aufwacht.«

»Wer weiß.«

Wir gingen die Juan de Dios Peza lang und dann bogen wir links in die Bolívar ab. Die Straßen rochen nach Metall und Benzin, nach verfaultem Holz und Tierkot; wir gingen an dem Obst- und Gemüsegeschäft vorbei, wo die Kisten bereits auf dem frisch gereinigten Bürgersteig standen und der Nazi hinter seinen Obstkisten jeden Moment mit den ersten Käufern rechnete. Es war das einzige Geschäft, das geöffnet hatte, weder der Weinladen noch die Lebensmittelläden, noch der Schuster, nichts hatte auf, nur der Nazi, der die Dornen von den Drachenfrüchten entfernte, Ananas in Stücke schnitt und Stauden noch grüner Bananen aufhängte und uns ansah, als wären wir Abfall, den man vergessen hatte einzusammeln.

»Verdammte Großmäuler!«, rief er.

Die Stimme war nicht seine, sie war vollkommen künstlich, genau wie die von Felipe, als er erwiderte:

»Nazischisser, Schwuchtel!«

Ohne sich umzudrehen, ging er weiter auf die Stelle zu, wo der Bierwagen stand, genau gegenüber der Kneipe, wenige Meter vom Hotel Capri entfernt.

»Vielleicht war's ja in dem Hotel«, sagte ich.

Aber Felipe wiederholte voller Ungeduld, es sei im El Moro gewesen, genau dort, wo wir jetzt unauffällig stehen blieben, um uns einer Gruppe anzuschließen, deren Kommentare sich leise verbreiteten, wie immer, wenn einer stirbt, und die in Richtung der Straßenmündungen spähte, in neugieriger Erwartung eines Kranken- oder Streifenwagens, und die jetzt auch uns mit offenkundiger Missbilligung taxierte, vor allem als Felipe sich in die Kneipe hineinmogeln wollte und ein Mann mit olivfarbener Haut in Jeans und beigefarbenem Hemd sich ihm mit Autorität in den Weg stellte:

»Geh nach Hause, das ist nichts für Kinder.«

Wir zogen uns ein paar Schritte zurück und setzten uns auf die verfallene Ladefläche des Bierwagens; mit jeder Minute wurde die Gruppe der Neugierigen größer, das Raunen wurde stärker, in den Gesichtern sah man unter der scheinbaren Bekümmerung ein verstecktes Vergnügen und den Wunsch, mehr zu erfahren, an mehr Informationen zu kommen, aus denen man eine Geschichte weben konnte. »Ich glaube, der, der ihn getötet hat, hatte sich in der Kneipe versteckt, er hat auf ihn gewartet«, sagte einer.

Da sah ich ihn, er war von Anfang an dort gewesen, aber ich hatte ihn nicht erkannt, weil er jetzt, ich könnte es beschwören, eine andere Hautfarbe hatte, weiß wie die Milch, nur unterbrochen von den Flecken seiner dunklen Augen und dem Schnurrbart, der, die Mundwinkel aussparend, sich in Form eines einfachen Hufeisens ausbreitete. Und obwohl er mir jetzt auch nicht so alt vorkam, wusste ich, es war derselbe Mann, den ich an jenem Abend gesehen hatte, als er das Café betrat und sich Ramírez gegenüber setzte. Er war dort unter den Neugierigen, die Hände hingen an seinen Armen herunter, sein Gesichtsausdruck war abwesend und sein verlorener Blick ins Nichts gerichtet, bis er mich entdeckte und ins Visier nahm wie die Waffe eines Jägers, der seine Beute gefunden hat und sie nicht mehr entkommen lassen will. Ich konnte ihn nicht direkt ansehen, da war etwas in der Hartnäckigkeit seines Blickes, das mir Angst machte, als würde er mich wegen irgendetwas anklagen: »Das Blut geht bis zur Tür«, sagte eine Frau, die ich auch schon einmal irgendwo gesehen hatte, eine Gestalt und ein Gesicht, wie man sie oft im Leben trifft. »Hey, wir sollten uns ein paar Bierchen unter den Nagel reißen, jetzt, wo uns keiner sieht«, aber Felipe wusste nicht, dass uns sehr wohl jemand beobachtet hatte, und jetzt kam der alte Saldívar mit lahmem Schritt schlurfend auf uns zu, er bereitete sich darauf vor, zum Sprung anzusetzen und sich auf uns zu stürzen.

»Hallo, Jungs, ganz schön früh auf den Beinen.«

»So sieht's aus.«

Er antwortete, weil ich mich auf die Ankunft von drei Männern in billigen Wollanzügen konzentriert hatte, wahrscheinlich Beamte des Innenministeriums, mit mürrischem Blick und schlaffen Gesichtern und einmal in der Woche polierten Schuhen; sie waren aus einem weinroten Auto gestiegen und versuchten sich mit einem Gebaren zwischen Müdigkeit und Anmaßung durch die Wand der dicht gedrängten Menge, die das El Moro belagerte, einen Weg zu bahnen.

Ich hatte Angst vor diesem Mann, vor seiner rauen Stimme, davor, dass er mich für seinen Freund hielt, wie er es an dem Abend in dem Café gesagt hatte.

»Habt ihr den Toten schon gesehen?«, fragte er in ganz normalem Ton.

»Man lässt uns nicht hin«, erwiderte Felipe. »Und bei dem Menschenauflauf erst recht nicht.«

»Es ist besser, wenn ihr ihn nicht seht. Als ich so alt war wie du, habe ich gesehen, wie ein Mann getötet wurde, mehr oder weniger aus dieser Entfernung, und das habe ich nie aus dem Kopf bekommen. Warum wollt ihr euren mit so einem Mist belasten. Das bringt doch nichts.«

Zwei der drei Beamten gingen in die Kneipe, der dritte blieb draußen und befragte eine Frau, die schluchzte, aber nichts wusste, nichts gesehen hatte und den Toten nicht einmal kannte.

»Ich hab dich schon mal irgendwo gesehen«, sagte der alte Saldívar zu mir.

Ich schüttelte schnell den Kopf. »Sie sind mir in meinem ganzen verdammten Leben noch nicht über den Weg gelaufen«, wollte ich zu ihm sagen, aber ich beherrschte mich und schwieg und beobachtete, wie die Hände des Polizisten in dem Bestreben, die Gaffer zu vertreiben, heftige Furchen in der Luft zogen. »Habt ihr keine Kinder, auf die ihr aufpassen müsst? Habt ihr keine Arbeit? Geht nach Hause, hier gibt es nichts für euch zu tun«, ermahnte er sie mit lauter Stimme.

»Ich kenne Sie aber«, sagte Felipe. »Sie haben vorher hier als Kellner gearbeitet, nicht wahr? Ich erinnere mich, weil wir mehrfach meinen Bruder hier rausgeschleppt haben.«

»Ja, aber das ist ewig her.«

Wir mussten länger als eine halbe Stunde darauf warten, dass die Leiche herausgetragen wurde, so lange dauerte es, bis der Beamte mit der größten Machtbefugnis sich entschlossen hatte, die Leiche in den Wagen der Pathologie bringen zu lassen, ein fast unwirklich anmutender Lieferwagen, der aussah, als hätten ihn seine Besitzer dort vergessen.

»Vielleicht hatte er es verdient, man weiß ja nie«, sagte er, bevor er ging.

»Man weiß ja nie«, und er schaute mich mit diesen schwarzen, in die Höhlen eingelassenen Steinen an, aber ich stellte mich dumm, denn ich war sicher, ich ahnte, dass ich ihn wiedersehen würde, dass wir uns früher oder später noch einmal treffen würden, und es war nicht schlecht, klar Position zu beziehen.

»Und woher kennst du den Kerl?«, fragte ich Felipe, der sich zwei Flaschen Superior in die Tasche gesteckt hatte.

»Er war Kellner hier, einmal hat er mir sogar geholfen, Paco zu tragen, er lebt in dem Haus da neben den Toiletten. Du hast ihn bestimmt schon gesehen, er hat eine ziemlich hübsche Tochter.«

Wir standen nur noch mit ein paar wenigen Leuten vor dem El Moro, als zwei Männer mit einer Bahre herauskamen. Wir gingen näher heran und sahen die blutverschmierte Decke, die über den Rand der Bahre ragenden Schuhe, ein Arm fiel herab, dass die Finger den Boden berührten, und er bewegte sich hin und her wie ein Schwengel aus Fleisch. Die Männer schoben die Bahre in den Lieferwagen, verfolgt von dem künstlichen Schluchzen der Frau und dem beständigen Geräusch der über die Bolívar fahrenden Autos. »Warum heult die blöde Alte?«, grummelte Felipe; die Bierflaschen in seiner Jacke behinderten ihn in seiner Bewegungsfreiheit. Ich hing an dem traurigen Bild der Bahre fest, versuchte mir die Größe des Körpers, das Entsetzen im Gesicht, das Ausmaß der Wunden vorzustellen. »Vielleicht hat er es verdient«, die Worte des alten Saldívar machten sich in meinem Verstand breit, »vielleicht hat er es verdient.«

»Gehen wir bei Edgar vorbei und kippen die Bierchen, komm, wir haben nichts gesehen«, schlug Felipe vor, und dann überquerte er die Straße und dachte, ich würde ihm folgen.

Aber ich zog es vor, in die entgegengesetzte Richtung zu gehen, nach Hause, ohne auf seine Rufe und seine Beschimpfungen zu achten. Die Spitze eines Bohrers fraß sich in mein Hirn und verursachte einen stechenden Schmerz, der nicht aufhören würde, bis ich mich wieder ins Bett legte und schlief und ein paar Stunden später aufwachte, als sei nichts geschehen.

Als Ramírez die Augen öffnete, konnte er durch die Vorhänge das helle Flimmern der Leuchtreklame in der tiefen Dunkelheit des Himmels erkennen: wie ein glühendes Metall, das sich in das schwarze Fell eines Stieres brennt. Die Nacht schien der Vorhang einer riesigen Höhle ohne Sterne und Wolken zu sein, ein schwarzes, grenzenloses Tuch. Die Fensterscheibe, deren Ritzen mit einem abgenutzten Klebeband abgedichtet waren, erzitterte immer wieder unter kurzen Windböen, wie viele Stunden hatte er auf dieser Pritsche geschlafen? Vielleicht zwei oder drei Tage. Ihm taten die Beine weh und etwas in seinem Körper, das er nicht benennen konnte, vielleicht die Leber oder die Bauchspeicheldrüse oder irgendetwas anderes, das sich immer weiter entzündete und zu verrecken drohte; die Intensität des Schmerzes zwang ihn, die Zähne zusammenzubeißen, um den Klagelaut zu unterdrücken. Er nahm den Hörer von dem alten Telefon neben dem Bett ab und wartete, dass sich jemand meldete. Er sah an der Tür einen alten Kalender mit dem Bild einer nackten Frau hängen, einer Japanerin mit weißen Zähnen und stark geschminktem Gesicht. Er rief Rogelio an.

»Ramírez hier.«

Er wusste nicht, ob die Stimme über seine Lippen gekommen war oder ob er sie nur in seinem Kopf gehört hatte. Er vernahm erst Schweigen und dann die warme, liebenswürdige, so vertraute Stimme.

»Du kannst kommen, Johnny, die Luft ist rein.«

»Und Rebeca?«

»Sie ist gerade weggegangen, sie hatte den Mantel an, du weißt schon, kann ich dir helfen?«

»Ich bin in einem Hotel, das noch heruntergekommener ist als deins. Ich komme zu dir.«

»Das hier ist dein Zuhause, Kumpel.«

Der Schmerz hatte nachgelassen und hinterließ ein Loch in seinem Bauch, er stand unter Mühen auf und ging ins Bad. Das kalte Wasser kam schüchtern aus dem Hahn, »Wenigstens gibt es Wasser«, er betrachtete sein Gesicht im Spiegel, seine Augen waren gerötet, als hätte er geweint. Er dachte, dass sein Gesicht noch nie porträtiert worden war, er konnte sich nicht daran erinnern, je ein Foto von sich gemacht zu haben, nicht einmal zufällig, die in der Erinnerung gestapelten Bilder von sich waren verworren; als kleiner Junge sah er sich mit kariertem Hemd und an Knien und Po geflickten Jeanshosen, das Haar ganz steif von der Pomade, die seine Mutter ihm hineinschmierte, er hatte noch Fragmente eines Gesichtes, dessen Bild er häufig im Spiel untersuchte, um neugierig seine Nase zu betrachten, die er als Kind am liebsten mit dem Messer bearbeitet hätte, um ein, zwei, ein paar Millimeter abzuschneiden und die jetzt vielleicht das einzige Körperteil war, das er nicht auf den Müll werfen würde. Er versprach, an einem dieser Automaten, in die man ein paar Münzen wirft und dafür einen Papierbogen mit fünf Fotos bekam, eine Bilderserie machen zu lassen. Aber kaum hatte er das Bad verlassen, hatte er es schon wieder vergessen; er zog sein Sakko, die Schuhe an und warf einen Blick aus dem Fenster, bevor er auf die Straße hinausging, die kalt wie das Wasser aus dem Hahn war, pockennarbig, wo nur ein paar Taxis und Fußgänger unterwegs waren, die vorsichtig, sich an ihren Schatten klammernd, die Bürgersteige entlang gingen.

Er legte ein paar Scheine auf die Theke »Für den zusätzlichen Tag«, sagte er zu dem jungen Mann, der sie überrascht entgegennahm, als erhielte er ein unerwartetes Almosen.

Ramírez verließ das Hotel und stellte sich einer schweigenden Stadt, die damit beschäftigt war, ihre alten und neuen Wunden zu lecken, während die Stunde näher rückte, in der der Kampf wieder anfinge. Es war vielleicht gerade mal Mitternacht und Isabel La Católica wirkte mehr wie eine Gasse und nicht wie eine bedeutende Avenida: wenige Autos, spärliche Lichter, hin und wieder ein Schatten oder ein durch einen Spalt entschlüpfender Körper. Er ging Richtung Colonia Obrera, langsam, umsichtig, ganz nah am Rand des Bürgersteigs, um unangenehme Überraschungen zu vermeiden, fern von den Türen und Ecken, wo irgendjemand auf ihn warten konnte, sein Blick war ganz aufmerksam und seine Ohren gaben ihm Rückendeckung, er reagierte auf jedes Geräusch wie eine Katze, er ging immer in Gegenrichtung zu den Autos, auf dem rechten Bürgersteig, denn er wusste, so war es leichter, den drohenden Überfall in den Manövern des Fahrers zu erkennen, er berührte die Wölbung des Messers in seiner Jackentasche, sicher, dass es im Magen seines Mörders landen würde.

Er war nur zwei Blocks vom Hotel entfernt, als ihn eine Frauenstimme überfiel:

»Señor Ramírez.«

Die nahezu verborgene Silhouette auf dem Treppenabsatz des Gebäudes war kaum zu erkennen, er sah die Gestalt einer mittelgroßen, anscheinend schlanken Frau mit einer sanften, barmherzigen Stimme. Ramírez ging weiter, um aus dem Schussfeld zu kommen, denn er dachte, jemand zielte womöglich mit einer Waffe auf ihn, dann blieb er stehen, drehte sich um und wartete, dass die Person, die ihn gerufen hatte, aus ihrem Versteck kam. Die Silhouette wurde deutlicher und Ramírez stellte fest, dass er sie bei einem der vielen Streifzüge durch das Viertel schon einmal gesehen hatte: eine Frau mit kräftigen, wohl geformten Schenkeln, mit dezenten Brüsten, nicht älter als vierzig. Vielleicht hatte er sie gesehen, bevor und nachdem er die Pubertät durchlaufen hatte, oder Jahre später an der Hand von jemandem oder mit einem Kind auf dem Arm, als sie Obst im Laden des Nazi kaufte, die Anzüge ihres Mannes zum Ausbessern zum Schneider brachte oder Medikamente in einer Apotheke kaufte; irgendeine Nachbarin eben.

»Womit kann ich Ihnen dienen, Señora?«

»Ich würde gerne mit Ihnen sprechen, bitte begleiten Sie mich«, sagte sie und zeigte auf den Hauseingang. »Es ist was Geschäftliches.«

»Woher kennen Sie mich?«, fragte er und versuchte herauszufinden, ob jemand im Halbdunkel des Flurs verborgen war.

»Ein Freund, der Sie kennt, hat mir gesagt, dass Sie Jobs erledigen, Sie wissen schon.«

Johnny ging auf sie zu, um ihren Blick zu analysieren. Sie war verängstigt, sie hatte Angst vor ihm und vor dem, worum sie ihn bitten wollte. Ramírez legte die Hand auf ihre Schulter und schob sie in die Dunkelheit zurück. Er folgte ihr, bis sie einander gegenüberstanden, fern von der Tür, weniger als ein halber Meter Abstand zwischen ihnen; sie standen einander gegenüber, ohne dass sie ihre Gesichter sehen konnten, aber jeder spürte den Atem des anderen auf der Haut, ihrer ganz aufgewühlt, seiner kaum merklich.

»Ich möchte, dass Sie mir helfen. Bitte.«

»Wenn ich kann, werde ich das gerne tun, Señora.«

»Sehen Sie, ich tue das, weil es keinen anderen Weg gibt, Sie müssen jemanden für mich töten.«

Obwohl er ihr Gesicht nicht sehen konnte, stellte sich Ramírez vor, was sie tat, wie ihre Augen die Dunkelheit zu durchdringen versuchten, als ginge es nur darum, sich an das Licht zu gewöhnen; wie sie ihre zitternden Hände nach ihm ausstreckte, um ihn zu berühren und die Entfernung abzumessen, die sie trennte. Er wusste, dass die Tatsache, dass sie am Ende angefangen hatten, sie viel ruhiger machte, es war ein gutes Zeichen. Jetzt war auch er ruhiger.

»Wir alle wollen jemanden umbringen, Señora. Der Unterschied liegt in den Gründen.«

»Ich habe zwei Kinder. Ich weiß nicht, ob Ihnen das als Grund genügt. Zwei Kinder, die ihren Vater verlieren, nichts weiter. Und wenn ich dieses Miststück nicht mit eigenen Händen umbringe, dann auch deswegen. Ich liebe meine Familie, Señor Ramírez, und ich will sie behalten. Es ist mir egal, wenn ich deswegen in die Hölle komme, aber in diesem Leben nimmt mir niemand den Mann weg. Ich habe geheiratet, ich bin eine gute Ehefrau, eine gute Mutter, ich reibe mich jeden Tag für sie auf und ich bitte nur um eins: Ich will mit meiner ganzen Familie alt werden, wenigstens mit meinem Partner. Nur das, Señor Ramírez. Es gibt viele Männer, nicht wahr? Ich weiß nicht, ob ich den geheiratet habe, den ich am meisten liebte, aber ich habe ihn geheiratet, und er will jetzt abhauen. Verstehen Sie mich? Wenn man nicht um das kämpft, was man hat, wird einem alles genommen.«

»Und wie wollen Sie mich bezahlen?«, fragte er und zog sie an der Taille näher an sich heran.

Aber sie erschrak nicht, im Gegenteil, sie sprach noch sicherer.

»Ich werde das Geld beschaffen, so viel wie Sie verlangen.«

»Sie müssen wissen, dass es keine Reue gibt.«

Das Röcheln der Abflussrohre fraß sich durch die Eingeweide des Gebäudes; Ramírez kramte in der Hosentasche nach einem Streichholz und ein Zischen erzeugte die winzige Flamme, die für einen Augenblick das Gesicht der Frau erleuchtete, ein noch junges Gesicht, aber bereits leicht von Altersbitterkeit gezeichnet.

»Ich denke seit einem Jahr darüber nach, glauben Sie nicht, das ist mir erst gestern eingefallen. Es ist beschlossene Sache.«

»Wenn Sie plaudern und ich plaudere, dann sind wir beide erledigt. Das wissen Sie, oder?« Ramírez spürte, dass sie ein wenig zurückwich, als sie ihm einen Zettel in die Hand drückte.

»Da, das sind ihre Daten: ihr Name, wo sie arbeitet, alles. Derjenige, der Sie empfohlen hat, meinte, Sie seien ein Mann mit Prinzipien. Ich denke nicht, dass ich etwas Ungerechtes von Ihnen verlange.«

»Wie heißt Ihr Mann?«

»Steht auf dem Zettel.«

»Haben Sie es schon auf andere Weise probiert?«

»Beleidigen Sie mich nicht, Johnny. Ich bin hier, weil es keinen anderen Weg gibt.«

»Ich brauche mehr Informationen, aber nicht aus Ihrem Mund.«

»Was werden Sie tun?«

»Das ist meine Sache. Wir machen einen Deal.«

Ramírez streckte die Hand aus und streichelte sanft ihr Kinn. Sie blieb angespannt und rührte sich nicht, sie wartete auf seinen Vorschlag: »Was wird er mir wohl vorschlagen?« Trotz allem hatte sie Vertrauen, sie glaubte an das Gute der Sache; wenn sie den Mut hatte, einen Mord in Auftrag zu geben, dann hatte sie auch den Mut, dem Mörder gegenüberzustehen.

»Geben Sie mir einen Monat. Wenn sie nach dreißig Tagen immer noch lebt, suchen Sie sich einen anderen.«

»Wie viel verlangen Sie dafür?«

»Das spielt keine Rolle. Da geben die Leute den Auftrag, jemanden zu ermorden und dann denken sie nur an das Geld.«

»Das spielt sehr wohl eine Rolle, Señor Ramírez. Ich habe nicht viel Geld, ich bin Hausfrau, ich habe ein wenig gespart, aber ich weiß nicht, ob Sie …«

»Es wird schon reichen, keine Sorge.«

»Gott segne Sie, Johnny, ich meine das ehrlich«, sagte sie und legte eine Hand auf seine Brust.

Über ihren Köpfen öffnete jemand in einem der drei Stockwerke eine Tür, schloss sie und ging dann langsam, vorsichtig den Fuß auf jede Stufe setzend, die Treppe hinunter. »Ein alter Mann«, schloss Ramírez aus dem Tempo der Schritte. Bevor dieser an ihnen vorbeikam, nahm Johnny die Frau in den Arm und drückte sie. Ihre warme Haut und der Duft nach Parfum und frischem Holz weckten seine Sinne. Er bemerkte auch einen versteckten Geruch nach Alkohol, als ihre Lippen seinen Hals berührten, wahrscheinlich hatte sie getrunken, um sich Mut zu machen oder um die Temperatur in dem Flur zu ertragen, der kalt und dunkel war wie eine Katakombe.

»Woher wussten Sie, dass ich hier entlang komme?«, flüsterte er ihr ins Ohr wie ein Verliebter, und seine feuchte Zungenspitze berührte fast ihr Ohrläppchen.

»Ich wusste es nicht, ich sah Sie von weitem, und da habe ich mich versteckt«, raunte sie.

Der alte Mann kam langsam näher, argwöhnisch, als er die Zigarettenspitze in der Dunkelheit glühen sah. Ramírez sagte laut und vernehmlich »Guten Abend«, aber der alte Mann antwortete mit einem Grummeln, ein paar schlecht gekauten Worten, die er dem Paar vor die Füße spuckte, und dann ging er ein paar Meter weiter und wurde von der Nacht verschlungen. Ohne die Umarmung zu lösen, fragte Ramírez noch einmal:

»Und dann hatten Sie ganz zufällig den Zettel dabei?«

»Ich trage ihn seit zwei Wochen mit mir herum. Und weil ich Sie nicht gesehen habe …«, sagte sie und stieß Ramírez' Körper sanft, ohne Gewalt, weg.

»Sie wissen nicht, wo ich wohne?«, fragte er, obwohl ihre Antwort ihn schon nicht mehr interessierte.

»Doch, in dem Hotel, nicht wahr? Aber ich will nicht mit Ihnen gesehen werden.«

Sie ging als Erste, Ramírez konnte im Schein der Straßenlaterne ihren Körper besser sehen, ihre zierliche Gestalt und die eng anliegenden Jeans, die ihre langen, leicht krummen Beine zusammenpressten. Eine Minute später ging er hinaus, er warf die Zigarette auf den Boden und machte sich ohne Eile auf den Weg und vergewisserte sich, ob er den Zettel eingesteckt hatte. Er tat das gewöhnlich nicht, aber jetzt machte er einen Knopf an seinem Sakko zu und klappte die Reverskrägen hoch, um seine Brust zu bedecken.

Als er im Hotel ankam, zeigte Rogelios Uhr zwei Uhr morgens und ein Paar kam die Treppen hinunter und durchbohrte die übliche Stille mit langem, lautstarkem Gelächter. Es war Irma mit einem Freier. Ramírez vermied es, die Nachtschwärmer anzusehen und verbarg den Kopf noch tiefer in dem warmen Kragen des Sakkos und ging direkt auf die Theke zu, wo Rogelio stand. Keiner sagte ein Wort, sie warteten, bis die anderen aus der Tür waren und das Geräusch von Irmas Absätzen sich mit zunehmender Entfernung vom Hotel verlor.

»Diese Nacht waren es drei«, sagte Rogelio und wusste schon im Voraus, er würde keine Antwort bekommen.

Ramírez ist so, dachte er, er spricht nur über Dinge, die für ihn von Interesse waren.

»Wann ist Rebeca gegangen?«, fragte Johnny, während er mit feuchten Fingerspitzen über die Geldscheine strich, die er Rogelio geben wollte, um wenigstens einen Teil der offenen Miete zu begleichen.

»Vor zwei Stunden, ein wenig mehr.«

Irma brachte ihre Freier seit mehr als einem Jahr ins Orizaba, sie war schlank und klein, sie hatte einen wenig harmonischen Körper, aber sie hatte ein schönes Gesicht, und viele Männer zogen das dem Bild von einem üppigen Körper vor.

»Hier, damit kannst du dem Gringo da ein Kerzchen spendieren«, sagte Ramírez und reichte ihm ein dünnes Bündel mit sechs Scheinen.

Seine Hand hatte tiefe Furchen, geschlängelte, dunkle Linien, die sich kreuzten und in irgendeinem Winkel seiner Haut Schnörkel bildeten.

»Irgendwann haue ich hier ab«, sagte Rogelio traurig lächelnd.

An dem Tag hatte er Lust zu reden, jemandem von seinen Plänen zu erzählen, einmal anders über das Leben nachzudenken.

»Ich gehe in die Berge und mache ein Café auf.«

»Warum willst du ein Diener der Gringos werden?«, murmelte Ramírez.

»Man muss Träume haben, Johnny, und glauben, dass man stets auf dem Weg zu was Besserem ist.«

»Verdammte Träume«, sagte Ramírez und wandte ihm den Rücken zu. »Wenn Rebeca kommt, sag ihr, sie soll in mein Zimmer kommen, auch wenn sie in Begleitung ist. Kannst du mir den Gefallen tun?«

»Klar, Johnny.«

Kaum hatte er die Tür geöffnet, sah er auch schon das weiße in der Mitte gefaltete Blatt, ein schlecht geschnittenes Blatt, auf dessen Oberfläche sich die schwarzen Striche einer Handschrift abzeichneten. Es war eine Nachricht vom Carrillo: »Der Laden ist voll.« Aber er las nicht weiter, er faltete das Papier, schloss die Zimmertür und wählte eine der wenigen Nummern, die er auswendig kannte. Auf dem Boden lag versteckt hinter einem Schreibtischfuß ein blutverschmierter Wattebausch. Er bückte sich, um ihn aufzuheben und in dem Moment, in dem seine Finger die hart gewordene Oberfläche berührten, kam eine Stimme aus der Telefonleitung:

»Hallo?«

»Hier ist Ramírez.«

»Mensch! Wenn du nicht angerufen hättest, wäre der Vorrat zur Neige gegangen«, sagte Carrillo, ohne die Zigarette aus dem Mund zu nehmen.

»Ich will zwanzig Gramm, nicht gestreckt, und ein Viertel Gras in Zeitungspapier.«

»Es gibt nur eine um 70-prozentige Mischung, aber es ist billiger. Das Viertel ist erstklassig, für die Götter, mein Johnny.«

»Ich erwarte dich in einer halben Stunde. Komm bitte allein.«

»Jetzt habe ich Gäste, gib mir eine Stunde, ein wenig mehr, okay?«

Er legte auf. Seit zwei Monaten hatte er keine bedeutende Menge mehr gekauft und er dachte, dass die Dinge liefen wie in den besten Zeiten. Die Aufträge kamen einer nach dem anderen, ohne sich zu überschneiden, als hätte er sie in den schlaflosen Nächten im Bett vor dem Fernseher geplant. Man musste keine Träume haben, man musste es verstehen, das Schicksal zu locken, es auf die eigene Seite ziehen und … »Nur das, alles andere ist Blödsinn«, sagte er sich, ohne den Blick vom Fenster abzuwenden, ohne sich rühren, als Rebeca das Zimmer betrat und das Geräusch ihrer Absätze die Stille zersprengte, für die Johnny immer eine innige Ehrfurcht empfunden hatte. Die Knöpfe ihres scharlachroten Mantels waren offen und die Strumpfbänder beider Strümpfe berührten den Saum ihres kurzen Kleides. Sie war fünfunddreißig, aber ihr offenes Lächeln und ihr schlankes Gesicht mit der glatten Haut und den feinen Zügen ließ sie jünger aussehen, weit jünger als Johnny, dessen harte Gesichtszüge ihm einen Anflug verfrühten Alters und Bitterkeit verlieh.

»Gut, dass ich dich sehe, ich fahre nach Cuernavaca, zu einem Fest. Ich werde unten erwartet. Erinnerst du dich …?«

»Du fährst nirgendwo hin«, sagte Ramírez trocken, ohne sie anzusehen, als spräche er mit sich selbst.

»Aber Johnny, bitte, es wird schon nichts passieren. Es ist derselbe wie beim letzten Mal. Er zahlt gut, es ist völlig ungefährlich, du selbst hast doch zu mir gesagt …«

»Schick ihn zum Teufel.«

»Schon gut, Johnny, wie du meinst.«

»Du bleibst hier bei mir. Schick ihn weg und komm wieder her.«

Das Zimmer roch nach Alkohol und fauligen Äpfeln, ein vager immer wieder aufkommender Geruch. Die Fliesen im Bad hatten auffallende Narben und der Boden knarrte, als würde er jeden Moment brechen, in einem Traum hatte Johnny sich sogar wie in einer Karikatur in das darunterliegende Stockwerk fallen sehen. Aber es gab kein besseres Zimmer, von seinem Fenster aus hatte er die sternförmig zusammenlaufenden Straßen im Blick, ein strategischer Punkt, von dem aus er bequem jede Bewegung seiner Feinde überwachen konnte. Es lag auch ganz nah an der Tür zum Dach, eine Tür aus misshandeltem Blech, ohne Schloss am Ende des Flurs, der niemand Beachtung schenkte. Als der Boden knarrte, wusste Johnny, dass Rebeca zurückgekehrt war. Er richtete sich auf und setzte sich teilnahmslos an den Rand des Bettes, als müsse er eine unliebsame Aufgabe erledigen, und warf seiner Schwester die blutverschmierte Watte vor die Füße.

»Es ist nicht so, wie du denkst, Johnny. Ich spritze schon lange nicht mehr, ich schwöre es dir«, sagte sie und beugte sich herunter, um sich ihrer Schuhe zu entledigen.

»Es ist mir egal, bring dich um, wenn du willst.«

»Schlafe ich in deinem Bett?«

»Nur heute Nacht, ich will mich um dich kümmern, wir vergessen ganz, was wir sind.«

Ramírez holte den Zettel, den die Frau ihm gegeben hatte, aus der Tasche des Sakkos. Es war ein in der Mitte beschriebenes blassrosafarbenes Blatt. Die Buchstaben waren mit Bleistift geschrieben und die sieben Zahlen einer Telefonnummer mit einem roten Schrift, sieben Zahlen, die Ramírez jetzt auf den Tasten des Telefons wiederholte. Auf der Rückseite des Blattes gab es weitere Informationen, Zeiten, den Namen eines Cabarets, eine weitere Adresse …

»Ich möchte Claudia Gutiérrez sprechen«, sagte er ohne Umschweife.

»Das bin ich. Wer sind Sie?«

Die Stimme ließ auf eine reifere Frau schließen, vielleicht um die vierzig.

»Ein Freund von Pablo. Ich wollte dir nur sagen, dass man ihn getötet hat und heute Nacht findet die Totenwache statt, falls du hingehen willst.«

Sie schwiegen beide eine Weile, so lange, dass Ramírez sich eine Zigarette anzündete.

»Und was geht mich das an?«, sagte sie schließlich. »Warum ruft man mich an? Ruft seine Frau an, es ist ihr Toter, oder?«

»Ich weiß nichts, ich rufe nur die Nummern aus seinem Notizbuch an.«

»Nun, dann kannst du meine streichen.«

»Alles klar, gute Nacht.«

Rebeca legte sich ins Bett, nachdem sie ihren gefütterten Mantel über die Stuhllehne gelegt hatte, und nahm Ramírez die Zigarette aus der Hand. Sie schloss die Augen und ließ ihren Körper zu schwerelosem Rauch werden, der durch das Fenster entwich, von der Nacht verschlungen wurde und sich für immer verflüchtigte. Vor einer Weile noch hatte sie an einer mit Sätzen und

Bildern verschmierten Wand gestanden und darauf gewartet, dass das Schicksal seine Würfel ausspielte; sie hatte in den unbekannten Gesichtern nach einem Zeichen, einem Hinweis gesucht, wie die Nacht verlaufen würde. Und jetzt, neben ihm, erlebte sie die einzig mögliche Form von Ruhe, gerettet vor allem und jedem. Sie erinnerte sich daran, als sie vor vielen Jahren einen leichten Unfall hatte, sie war eine Treppe hinuntergestürzt, ohne ernste Folgen, aber sie hatte eine auffällige Platzwunde an der Stirn und einen verstauchten Knöchel gehabt. Johnny, der damals im selben Zimmer, wenn auch in einem anderen Bett schlief, hatte auf eine Gelegenheit gewartet, um zu ihr zu kommen und unter die Decke zu schlüpfen, die ihren dünnen Körper bedeckte, und wenn sie etwas dagegen sagte, antwortete er mit Sätzen wie: »Schlaf ruhig, es ist nichts, ich will mich nur um dich kümmern«. So machte er es, bis sie wieder gesund war, und noch Jahre danach, hinter dem Rücken ihrer Eltern, bis es zur Gewohnheit wurde.

Rebeca führte noch einmal die Zigarette zum Mund und sog den rauen, beißenden Rauch der Delicados ein, »Zusammen, so werden wir sterben«; in dem Moment klopfte jemand an die Tür, zwei Schläge, zwischen denen mehr als eine Sekunde lag. »Das ist Carrillo, rühr dich nicht vom Fleck«, befahl Ramírez und stand langsam auf, er legte seinen Zeigefinger auf den Abzug seiner 32er und fasste mir der linken Hand an den Wulst des

Messers. Als er an der Tür stand, legte er das Ohr an das Holz und hörte ein schwaches Knistern wie von trockenen Blättern.

»Wer ist da?«

»Carrillo.«

Ramírez löste die Sicherheitskette, drückte aber die Fußspitze gegen die Tür. Dann schob er den Riegel beiseite und hatte das vernarbte, strahlende Gesicht eines Mannes mit einem Paket unter dem Arm vor sich.

»Haben Sie eine Pizza bestellt?«, fragte er lächelnd und entblößte sein gelbes, unvollständiges Gebiss, einen Seitenblick auf den Körper im Profil auf dem Bett werfend – »Guten Abend, Rebeca«, sagte er, zog den einzigen Stuhl im Zimmer zu sich heran und legte auf den Schreibtisch das Päckchen in Zeitungspapier, in dem sich das Gras befand. »Du hast ja keine Ahnung, wie gut das Zeug kommt«, fügte er hinzu, als alle das Gras sehen konnten.

»Das ist egal, mich interessiert das Kokain.«

»Das ist auch nicht schlecht« – er zog ein kleines Aluminiumpäckchen aus der Hosentasche –, »zwanzig Gramm, erstklassig … und ein kleines Geschenk.«

»Ich will keine Geschenke, Carrillo. Ich will den korrekten Preis zahlen, nicht mehr.«

»Sieh mal, eine Platte feinstes Hasch. Der Renner bei den Jugendlichen« – er legte das Papierchen auf den Schreibtisch und zeichnete mit den Fingern die mögliche

Anzahl der Schnitte nach – »Zwölf, Ramírez, zu je fünfzig Pesos. Mehr kannst du nicht verdienen.«

»Ich hab nachgerechnet, macht dreitausend Pesos insgesamt. Wenn es mehr ist, kannst du es wieder mitnehmen.«

»Nein, Johnny, geht klar, und wir schenken dir das Haschisch.«

»Red keinen Blödsinn, ihr verschenkt nichts.«

»Übrigens, hast du mitgekriegt, was heute in der U-Bahn passiert ist? Ein Judas hat in einem vollbesetzten Waggon herumgeballert und fünf oder sechs Leute umgebracht, vielleicht mehr. Und weißt du, was der Kerl sagt? Er sei deprimiert gewesen, was sagst du dazu, Johnny? Er war deprimiert, der Mistkerl.«

»Ich weiß nichts, ich lese keine Zeitung. Was für eine Waffe hat er benutzt?«

»Ich glaube eine 45er, irgend so was, er hat das ganze Magazin leer geschossen. Verdammter Irrer.«

»Ich glaube nicht, dass er verrückt ist. Ich gebe dir fünfzehnhundert und in zehn Tagen den Rest. Wenn ich früher zahlen kann, melde ich mich.«

»Du bist der Kunde, Johnny. Was soll ich machen. Ziehen wir uns eine Linie rein?«

»Nichts wie los.«

»Machen wir auch eine für Rebe?«, fragte Carrillo, als er schon dabei war, eine dritte Linie auf der undurchsichtigen Glasauflage des Schreibtischs herzurichten.

Drei weiße, schlanke Würmer krochen durch die Nasenlöcher und fraßen die Krumen von Wirklichkeit, die in ihren Hirnen verstreut waren. Drei kleine Kokslarven.

»Und wie findet ihr es, nicht schlecht, oder? Ich weiß, es gab bessere Zeiten, aber denkt daran, wir stecken in der Krise«, sagte Carrillo und betrachtete die Geldscheine, die Ramírez ihm einem nach dem anderen auf die Handfläche legte, bis es fünfzehn waren. »Also abgemacht«, sagte er und streckte Johnny die Hand hin, »wir warten auf deinen Anruf.«

»Wie alt war er?«, fragte Johnny, bevor er die Tür schloss.

»Wer?«

»Der in der U-Bahn geschossen hat.«

»Zwanzig.«

»Mannomann!«, rief Johnny aus, »Mannomann!«

An diesem Nachmittag war ich der Erste, der das Gitter passierte, die Grenze zwischen Hof und Straße, wo einige Eltern auf ihre Kinder warteten. Jeder Tag war für mich der letzte, jeden Tag litt ich mehr unter dem feuchten Geruch, der aus den Klassenräumen kam, dem Geruch nach Erbrochenem und Urin, den die Toiletten ausschwitzten, wo wir uns versteckten, um zu rauchen und die von Edgar besorgten Pornozeitschriften durchzublättern, ich litt unter der unwirtlichen Weite des Betonhofes, der vom Gelände des vierten Stocks aussah wie die Oberfläche einer rattengrauen, von dünnen Venen durchzogenen Haut.

An dem Nachmittag ging ich mit dem Wunsch weg, nie mehr zurückzukehren, aber auch, das war erst seit kurzem so, mit dem seltsamen Gefühl, dass ich bald mein Zuhause verlassen würde, in das ich normalerweise kurz nach Mitternacht zurückkehrte. Ich zog los, ohne was zu essen, trieb mich herum, ging zu Felipe oder zu den Spielautomaten, um zu schauen, ob jemand so gut wie ich am *Mortal Kombat* war. Manchmal ging ich auch in das Café des Chinesen, um fernzusehen und einfach dort herumzusitzen, bis der letzte Gast gegangen war und der Chinese den Metallvorhang herunterließ, das Schloss befestigte und zur Calzada de Tlalpan ging, wo er die letzte U-Bahn nahm. Dann konnte ich nach Hause kommen und ein dunkles Zimmer vorfinden, in dem nur das Raunen des Fernsehers aus dem Zimmer meiner Mutter zu hören war. Ich ging dann in die Küche, schnupperte in die Töpfe hinein und suchte in der Speisekammer nach der Tüte mit dem Brot oder irgendeiner Dose, die mir den Magen füllen würde. Es war einen Monat her, dass mein Vater nicht mehr zu Hause schlief und nur noch an den Wochenenden kam, um Geld da zu lassen und noch mehr von seinen Kleidern mitzunehmen, die den Hauptteil des Kleiderschranks einnahmen. Und wir ließen ihn gewähren, taten so, als wäre er eine Windböe, die Türen und Schubladen aufreißt. Meine Mutter wanderte wie ein Schatten durch die Wohnung, als wäre nichts da und als lebte sie ein Leben, das nicht das war, das vor fast zwanzig Jahren begonnen hatte.

Die Wohnung schien zum ersten Mal unsere zu sein, wir bewegten uns ohne die ständige Angst, ein Geräusch zu viel zu machen, wir konnten zu jeder Tageszeit duschen und bis zum Morgengrauen fernsehen, und diese Art Frieden, der uns dadurch geschenkt wurde, dass mein Vater gegangen war, wurde nur in außergewöhnlichen Momenten gestört, wie drei Abende zuvor, als Elena später als zwei Uhr morgens nach Hause kam und meine Mutter wütend mit geröteten Augen und zitterndem Kinn aus ihrem Zimmer stürzte, wie es nicht ihrem Bild und der Ruhe und Resignation entsprach, mit der sie normalerweise alles hinnahm. Elena trank am Tisch sitzend eine Tasse Milch und stellte sich taub, als meine Mutter zu ihr sagte:

»Wenn du schon wie ein Flittchen umherziehst, könntest du wenigstens etwas Geld mitbringen.«

Da schüttete Elena die Tasse Milch auf dem Tisch aus, mit einer einzigen Bewegung, als würde sie den Schlüssel herumdrehen, um eine Tür zu öffnen, ohne die ihr eigene zynische, abweisende Miene zu verändern, auch nicht als der weiße Fleck sich ausdehnte und kaskadenartig auf den Boden triefte und eine riesige Pfütze hinterließ.

Ich saß im Sessel und blätterte in einer Geschichte, da sah ich, wie meine Mutter sich auf den Boden kniete und wie ein Hund die Milchpfütze aufleckte und sagte:

»Wenn du deine Mutter so sehen wolltest, ist dir das gelungen, Miststück, das wolltest du doch, oder? …«

Aber Elena hörte ihr schon nicht mehr zu, denn sie war blass in unser Zimmer gelaufen und hatte sich eingeschlossen, sie schluchzte bitterlich in das Kissen, sie weinte, bis sie eingeschlafen war, mit Schuhen, und ein leichtes Zittern ihre nackten Schultern und Knie erbeben ließ.

Das war gerade mal drei Tage her, und von da an war das Schweigen immer größer geworden, vielleicht weil wir alle darüber nachdachten, zu verschwinden, wir sehen uns in die Augen und wissen, dass nicht mehr viel Zeit vergeht, bis die Dinge sich noch mehr verändern. An all das denke ich und habe Lust, das Heft auf den Boden zu werfen und zu verschwinden, als ich ihn auf mich zukommen sehe, vielleicht mit den Gedanken woanders, eine Hand in der Jackentasche und die andere schwingend, wie ein loses Stück, das nur noch durch ein Wunder am Rest hängt; er trägt sein blaues Sakko, und ich stelle mir vor, dass er mich nicht erkennen wird und dass es nicht klug wäre, auf die andere Straßenseite zu gehen, ihm den Rücken zuzuwenden oder so zu tun, als sähe ich ihn nicht. Als ich jetzt sein Gesicht betrachte, finde ich es nicht so hart, er sieht eher wie ein Niemand aus, der auf der Suche nach Schatten ist, um sich vor der Sonne zu schützen; der Gedanke macht mir Mut und einen Moment lang habe ich das Gefühl, kein kleiner Junge mehr zu sein, vielleicht weil ich in wenigen Monaten mehr als fünf Zentimeter gewachsen bin und weil ich mich mehr und mehr an die Straße gewöhne und mich in diesem Jahr schon dreimal geprügelt habe.

Ich gehe ganz nah an der Wand lang, den Blick starr auf den Boden gerichtet, mache immer größere Schritte, und plötzlich stoße ich auf den verlängerten Schatten seines Körpers. Ich bleibe stehen, denn auch er ist stehen gelieben und beobachtet mich, und ich will nicht, dass er denkt, ich hätte Angst oder wäre feige. Die Sonne bohrt sich wie eine goldene Lanze in meine Stirn und durchstößt meinen Schädel und spießt mich an eine Mauer. Ramírez lacht mich an und legt wieder eine Hand auf meine Schulter, wie damals, als er beim Verlassen des Cafés auf mich wartete. Seine Zähne sind blass und das Zahnfleisch rot wie frisch abgeschnittene Fleischstücke.

»Ich habe dich gesucht«, sagt er und es scheint unwirklich, dass diese vier Worte von den steinernen, reglosen Lippen kommen.

Ich antworte nicht, aber ich weiß, ich muss dort bleiben, ohne zu wanken, und darauf warten, dass geschieht, was geschehen soll. Ich stelle mir einen Zweikampf vor, aber das mache ich nur, um mir Mut zu machen; im Unterschied zum letzten Mal gehen jetzt Leute an uns vorbei und Autos gleiten wenige Meter von der Stelle entfernt vorbei, von wo aus Ramírez mir in die Augen sieht, ohne Heimtücke, sogar freundlich.

»Wir haben einen gemeinsamen Freund und er hat sehr gut von dir gesprochen. Du weißt, von wem ich spreche, nicht wahr?«

»Keine Ahnung ... ich habe so gut wie keine Freunde.«

»Es ist besser, keine zu haben«, sagt er und das Lachen verschwindet. »Ich lade dich auf ein Getränk ein, du kannst wählen. Du bist schon in dem Alter, wo man über Geschäfte reden kann.«

»Ich habe zu tun.«

»Einen Scheiß hast du. Ich warte heute Abend in dem Café auf dich, du weißt, welches«, sagt er und zieht einen Fünfzigpesoschein aus der Tasche. »Nimm, wir einigen uns später. Und versetz mich nicht.«

Vom Fenster eines mosaikverzierten Gebäudes beobachtete uns ein Junge, er sah, wie der Abend sich über die Dächer der niedrigsten Häuser herabsenkte und die Busse unerwartet anhielten, um Fahrgäste aufzunehmen; er sah, wie Ramírez die Straße überquerte, bis er ihn zwischen dem Geäst der Bäume und den dicken baumelnden Leitungen aus den Augen verlor. Er sah ihn einen Gemischtwarenladen betreten, gleich wieder herauskommen, weitergehen und in den Strom von Passanten eintauchen, der die Lázaro Cárdenas entlang lief, nach sechs Uhr abends anschwellend und mit blasser werdendem Himmel allmählich versiegend.

Ich stand wie erstarrt da, den Fünfzigpesoschein fest in der Hand, ein neuer Schein, er fühlte sich an wie die Oberfläche eines getrockneten Blattes und er knisterte wie ein Bündel Eichenlaub, und während Ramírez' aufrechte Gestalt sich in der Ferne verlor, stellte ich mir vor, was ich von dem Geld alles kaufen konnte; ich erwägte, zu Elena zu laufen, um sie zu etwas einzuladen; ich erwägte, *Mortal Kombat* zu spielen, bis ich den verfluchten Apparat fertiggemacht und meine Initialen auf der Rekordliste auf dem Bildschirm verewigt hatte, aber dieses augenblickliche Vergnügen, die Welt zu kaufen, löste sich in Wohlgefallen auf, als ich mir bewusst wurde, dass ich eingewilligt hatte, in das Café zu kommen, und dass der Schein nur ein Köder war, den Ramírez mir später aus dem Maul reißen würde, wann immer es ihm beliebte. Es war zu spät, um ihm nachzulaufen und ihm den Schein vor die Füße zu werfen, so wie ich ihm Monate zuvor einen Stein nachgeworfen hatte, ein Feigling, der immer dann reagierte, wenn nichts mehr zu machen war. An mir gingen Jugendliche vorbei, die wohl meine Klassenkameraden waren, mit denen ich aber keine Freundschaften habe schließen können; ihre Gesichter hatte ich abgespeichert, nicht aber ihre Namen, wozu braucht man Namen, wenn alle gleich aussahen, in ähnlicher häuslicher Umgebung lebten und Angst vor denselben Dingen hatten? Ich wusste von Felipe, dass man mir einen Spitznamen gegeben hatte, was weiß ich was, irgendeinen

Blödsinn, den sie sich nicht trauten, mir ins Gesicht zu sagen, denn wenn ich etwas in den drei Jahren gelernt habe, die ich jetzt auf der höheren Schule bin, dann, dass ich mir von niemandem mehr etwas gefallen lassen muss, ich schlage los, bis die Angst weg ist und nur noch die Wut und reine Lust da ist, den anderen zu Brei zu schlagen.

Ich gehe in Fahrtrichtung der Autos. Wenn ich mit diesem steten, gelangweilten Schritt weitergehe, bin ich in etwas mehr als einer halben Stunde an der blauen Leuchtreklame des Teresa Kinos, wo sich die dünne Gestalt des Torre Latinomericano erhebt. Ich fange an, mich auf der Straße wohl zu fühlen, nicht wie anfangs, als es ein echtes Abenteuer war, das Haus zu verlassen; heute könnte ich in jeder dunklen Seitenstraße schlafen, oder auf einem Dach, oder in den Überresten des Maya-Kinos, so gut wie zu Hause oder sogar noch besser, weil ich nicht den Geruch nach Essen und Zitrusreiniger und den Anblick meiner Mutter ertragen muss, wie sie die Tränen oder den Impuls unterdrückt, mich ein für alle Mal vor die Tür zu setzen. Und wenn ich nicht ins Zentrum gehe, dann, weil ich müde bin und drei Hefte in rauen Plastikschutzumschlägen bei mir habe, von denen meine Hände anfangen zu schwitzen, und ein Lexikon, bei dem die ersten zwanzig Seiten fehlen. Also entfliehe ich wieder durch die altbekannten Straßen und fasse immer wieder in die Hosentasche, um mich zu vergewissern, dass der Schein noch da ist; er wird schwer in Münzen oder kleinere Scheine zu tauschen sein. Ich beschließe, zum Nazi oder zum Caballo zu gehen, in erster Linie zu dem, denn er verkauft die Marken in dem Spielsalon und vielleicht ist er der einzige, der den Schein wechseln kann, auch wenn ich ganz viel Kleingeld bekomme, ich werde es sowieso ausgeben, ich will nichts sparen, wozu? Da sehe ich sie am Ende der Ángel de la Peña, es sind die gleichen wie immer, einer von ihnen sieht mich und pfeift mir so laut zu, dass ich mich nicht aus dem Staub machen kann, ich hebe die Hand zum Gruß, aber Felipe will, dass ich mich zu ihnen geselle, er ruft mich und hält eine Bierflasche hoch, was die anderen dazu veranlasst, mir auch etwas zuzurufen, das ich nicht verstehe. Sie trinken und Felipe hat eine Marihuanazigarette versteckt, die er diskret an die anderen weitergibt.

»Wie geht's, Alter, lange nicht gesehen«, sagt er und hält mir die Flasche vor das Gesicht.

Ich werfe einen Blick in die Runde und da ist ein unbekanntes Gesicht, das aber Edgar sehr ähnlich sieht, genauso dünn und dieselben Augenbrauen, die aussehen, als seien sie mit einem Stift nachgezogen, und ich erinnere mich, dass er einen kleinen Bruder hat, den die Eltern nicht auf die Straße lassen.

»Wie geht's, ihr Rumtreiber?«, sage ich, bevor ich den Flaschenhals an meinen Mund schiebe und spüre, dass

Felipe mich am Gürtel zieht, weg von den anderen, als wollte er mir ein Geheimnis verraten.

»Hör mal, Alter, ich habe dich dem Johnny empfohlen«, sagt er, aber die Nachricht überrascht mich nicht.

Als hätte ich es schon immer gewusst.

»Wozu? Dieser Typ gefällt mir nicht.«

»Der ist klasse. Er wird heute im Café sein, und ich will, dass wir dorthin gehen, damit du ihn kennen lernst. Wenn er dir dann immer noch stinkt, ist die Sache erledigt.«

»Er will uns als Dealer anheuern, nicht wahr? Sei ehrlich.«

»Er will uns besser kennen lernen, um zu sehen, wie wir ihm nützlich sein können. Es ist easy, und man verdient Geld. Was glaubst du, wo die Bierchen herkommen?«

»Und wenn sie dich schnappen?«

»Wir sind minderjährig, du sagst, du seist gezwungen worden, und das war's, fertig. Außerdem zeigt uns Johnny, wie man es macht, ohne erwischt zu werden.«

Edgar kam auf uns zu, reichte Felipe die Marihuanazigarette und ging wieder zu den anderen.

»Kommt schon, man könnte euch ja für schwul halten.«

»Wem hast du noch davon erzählt?«

»Also, ehrlich gesagt, kannte Johnny dich schon, ich weiß nicht, warum, aber er hatte dich schon im Visier, er sagte: ›Sprich ihn an und keinen anderen.‹ Er hat ein gutes Auge, nicht?«

»Er kennt meine Schwester, wahrscheinlich hat es damit zu tun. Wann gehst du dorthin?«

»In einer Stunde, sobald wir die Bierchen ausgetrunken haben. Wir gehen zusammen.«

»Hör mal, Kumpel, wie willst du es schaffen, dass sie dich nicht schnappen, wenn du und die Jungs in einer Sackgasse kiffen? Man kann nicht mal abhauen. Wir sind geliefert.«

Seit mehr als dreißig Jahren war in dem Café die Zeit stehen geblieben: derselbe gelangweilte Gesichtsausdruck des wie ein Wachposten hinter der Theke verschanzten Besitzers, die ockerfarbenen Kaffeeflecken auf der Schürze, mit der die Frau die Gäste bediente, das abgeschottete, durch die beiden Neonlampen kaum erleuchtete Halbdunkel des Inneren, die versilberten Tabletts, die Plastikbehälter der Saucen, die durchsichtigen Gläser und die anderen Gegenstände, die im Schein der Neonlampen wie die verstreuten Überreste eines verfaulten Leichnams wirkten, eine Atmosphäre, in der die Gesichter der Gäste in einer Grabesangst erstarrt waren, als wären sie vom Tag oder der Nacht isoliert und als wäre das Licht in einem Augenblick vor vielen Jahrhunderten eingefroren. Draußen hatten sich die Häuser und die Geschäfte verändert, alles war so arm wie früher, aber die Aufmachung war ein wenig anders; ein Videoladen, ein Haus, bei dem man ein Stockwerk draufgesetzt und die Fenster mit dunklem Glas versehen hatte, Dosen anstelle von Flaschen, Kunststoff anstelle von Papier, Karten- anstelle von Münztelefonen, der Imbiss und die Schneiderei von Ignacio sahen noch genauso aus wie am ersten Tag.

Es war so kurz nach neun, als wir durch die Tür gingen. Felipe und ich waren ungefähr sechs oder sieben Blocks von der Gasse bis zu dem Treffpunkt schweigend nebeneinanderher gelaufen, ein jeder darüber nachdenkend, was uns erwartete, er ein wenig benommen von dem Marihuana und dem Bier, und ich mit jedem Schritt selbstsicherer, als hätte ich plötzlich eine ungekannte Bedeutung, eine Bedeutung, wie ich sie noch nie zuvor gehabt hatte, nicht einmal an dem Tag, an dem mein Vater mich zum ersten Mal allein in die Schule gehen ließ, und auch nicht, als ich mich mit einem prügeln musste, um Elena zu verteidigen. Es war etwas anderes, es hatte nichts mit der Familie zu tun, es war eine Sache, die nur mich anging: Ich würde eine Angelegenheit von Mann zu Mann mit diesem Ramírez besprechen, und wenn alles gut ging, würde ich anfangen Geld zu verdienen und könnte es meinem Vater vor die Füße werfen, wo auch immer er steckte.

Ramírez machte uns hinten aus dem Café ein Zeichen, wir sollten dort bei dem Tisch an der Tür auf ihn warten, möglichst weit weg von dem Ort, an dem er mit dem alten Saldívar sprach. Der Alte schwitzte, denn er holte aus dem Sakko ein rotes Taschentuch heraus, um sich die Stirn abzuwischen, er flüsterte, als würde er die Beichte ablegen, und hin und wieder hob er die Hand und ließ sie langsam und schwer wieder auf den Tisch fallen.

»Nein, das ist fies. Ich kann nicht so viel Geld bezahlen, ich bin nicht reich.«

»Du hast die Leiche gesehen, nicht wahr?«

Ramírez' Gesichtszüge verhärteten sich, sein Kinn und seine Wangen erstarrten in einer erbarmungslosen Miene.

»Klar, ich war da, bis sie ihn weggebracht haben, ich sage dir, das Blut ist fast bis zur Tür geflossen.«

»Das ist das einzige Mal, dass wir über Geld sprechen. Ich habe dir gesagt, wie viel.«

»Gib mir zwei Monate und ich zahle dir die Hälfte.«

Er führte das Taschentuch erneut an die Stirn, aber es war schon komplett durchnässt.

»Ich gebe dir mehr Zeit, aber ich will das gesamte Geld. Du hast sechs Monate, nicht mehr.«

»Ich will ...«

»Sechs Monate, und ich werde nicht nach dir suchen, du weißt, wo du mich findest. Und immer wenn du auf den Gedanken verfällst, mich nicht bezahlen zu wollen, dann denk daran, die einzige Gegenleistung für einen Toten, außer Geld, ist ein weiterer Toter.«

»Schon gut, Johnny. Was soll man machen? Keine Chance.«

Ramírez sah, wie er aufstand und in den Taschen nach etwas suchte, um den Kaffee zu bezahlen. Nachdem er einen zerknüllten Schein auf den Tisch geworfen hatte, drehte er sich um und zog langsamen Schrittes ab, das Gewicht der folgenden sechs Monate auf sich. Während Felipe auf den Fernseher ohne Ton starrte, den der Chinese auf einer Konsole stehen hatte, hatte ich versucht, zu beobachten, was an Ramírez' Tisch vor sich ging, ich sah, wie seine Hände auf die gebeugte, eingesunkene Gestalt des Mannes zielten und ich spürte, da geschah etwas Bedeutendes. Und als ich ihn dann mit hängendem Kopf hinausgehen und uns einen verächtlichen Blick zuwerfen sah, kam es mir so vor, als ob er die Macht von Johnnys Blick in seinem Rücken stecken hatte, wie einen Fleischerhaken oder den Schnabel eines Raubvogels oder ein Messer oder irgendetwas anderes, das ihn an seinem eigenen Skelett herunterhängen ließ.

Ich spürte so etwas wie einen Krampf im Magen, als Felipe mich mit dem Ellbogen anstieß und sagte:

»Komm, Johnny ist jetzt allein.«

»Warte, bis er uns ruft, sei nicht so kriecherisch«, sagte ich, um Mut zu fassen und Zeit zu gewinnen.

Aber Felipe war schon ein paar Schritte gegangen und begrüßte Johnny überschwänglich, als seien sie schon ein Leben lang befreundet. Ich stand auf und ging zu der Ecke, wo Ramírez mir kühl zulächelte, ein falsches, von dem ernsten Ausdruck seines Gesichtes isoliertes Lächeln, und zu uns sagte:

»Bestellt, was ihr wollt, wenn ihr mit mir zusammen seid, könnt ihr immer bestellen, was ihr wollt« – ohne Pedanterie, als ginge es nur darum, uns über die Regeln eines unbekannten Spieles zu informieren.

Felipe drehte den Kopf, um bei der Kellnerin etwas zu bestellen, die damit beschäftigt war, die Brotkörbchen in die Vitrine zu stellen. Ich schwieg und spielte mit einem Salzstreuer, auf eine Stimme wartend, die nicht kam, nervös und überrascht, so schnell dort zu sein, ohne lange darüber nachgedacht zu haben, als wäre das Bild eines Traumes jäh und grundlos in ein anderes übergegangen. Ramírez sah uns, aber er war woanders, als wären wir seit Stunden da und hätten uns an die Anwesenheit der anderen gewöhnt wie an den Tisch oder das Flimmern des Fernsehers.

»Ich habe mit Felipe schon gesprochen«, sagte Johnny plötzlich, als wäre ihm wieder bewusst geworden, dass wir da waren, »ich wollte dir nur ein paar Fragen stellen, aber jetzt nicht mehr.«

»Ich erkläre es dir später, Johnny«, sagte Felipe, »es ging darum, hierher zu kommen und dich kennen zu lernen, oder?«, sagte er, aber ich zog es vor zu schweigen. Wenn Felipe nicht so schmeichlerisch gewesen wäre, hätte ich vielleicht versucht zu antworten oder selbst ein paar Fragen gestellt, denn für einen Fünfziger würde ich nicht zulassen, dass man mich wie einen Diener behandelte. Es ging darum, ein gutes Geschäft zu machen, und wenn es dazu nicht kam, ihm zu sagen, dass er sich sein Geld in den Hintern stecken kann.

»Ich wollte nur sehen, ob du deine Verabredungen einhältst, das tust du, wie ich sehe, und das reicht mir, zumindest für heute.«

Ramírez hatte seinen Blick von mir abgewandt, um die Schritte eines Mannes zu verfolgen, der gerade hereinkam und die Absätze seiner spitzen Stiefel geräuschvoll auf dem Boden aufschlagen ließ. Er hatte auffällige Narben im Gesicht, eine lief wie ein Wurm über seine Stirn und eine weitere im Mundwinkel verlängerte sein Lächeln bis in die Mitte des Profils.

»Ich wusste nicht, dass du in Begleitung bist, vor allem nicht von Kindern«, sagte er und setzte sich neben Ramírez.

»Mit dir habe ich nicht gerechnet«, schleuderte Johnny ihm eisig entgegen.

»Ich will mit dir übers Geschäft reden. Kannst du die Kinder einen Moment wegschicken?«

»Wir reden auch gerade über Geschäfte. Du kannst offen reden, sie können daraus nur lernen.«

»Nun, die Zeichen stehen auf Veränderung, mein Johnny.«

Obwohl Carrillo bemüht war, einen freundschaftlichen, sorglosen Ton zu bewahren, musste er doch Luft holen und eine Pause machen, um die Bruchstücke einer immer nervöseren Stimme zusammenzusuchen.

»Der Chueco sagt, die Lage wird eng, er kann dir die Ware nicht mehr so billig verkaufen. Er muss den Preis erhöhen, du weißt besser als jeder andere, wie es aussieht, Johnny. Im Gegenzug bieten wir dir das ausschließliche Verkaufsrecht, beste Ware, und wir halten dir das lästige Geschmeiß vom Leib, vergiss das nicht…«

»Wie viel mehr?«, unterbrach ihn Ramírez.

»Nur dreißig Prozent, das Hasch bleibt gleich, und außerdem gewähren wir dir Schutz. Die Dinge sind nicht mehr wie früher, Johnny. Allein sind wir erledigt.«

»Ich brauche keinen Schutz, und am wenigsten von einem Idioten wie dem Chueco. Wenn ihr um dreißig Prozent mit dem Preis hochgeht, suche ich mir andere, und das war's. Da gibt es nichts zu diskutieren, wir sind schließlich keine Politiker.«

»Du verstehst mich nicht, Johnny, wir sind immer Freunde gewesen, in guten wie in schlechten Zeiten.«

»Sprich nicht so mit mir, Carrillo, ich bin nicht eine deiner Huren.« – Ramírez strich sich über das Kinn, bevor er fortfuhr – »Wenn ihr mit dem Preis raufgeht, hat sich das Geschäft erledigt.«

»Wie ich schon sagte, du verstehst mich nicht. Es geht nicht um mich. Ramírez, wenn es nach mir ginge, gäbe es kein Problem, das weißt du, Bruder, aber der Chueco hat das Sagen, und was er sagen will, ich weiß es, weil ich ihn kenne, ist, wenn du nicht bei ihm kaufst, kannst du hier nicht mehr verkaufen. So liegen die Dinge verdammt noch mal.«

»Schon gut, ihr habt das Sagen, Carrillo, lass es mich nur kurz mit ihm besprechen.« Er deutete mit dem Kinn in meine Richtung.

Was hatte ich damit zu tun? Mein Herz blieb stehen, war das eine Feuerprobe, der Johnny mich unterzog? Carrillo drehte sich zu mir und fixierte mich mit seinen Dieneraugen. »Was weiß dieser Blödmann schon?«, sagte sein Gesichtsausdruck. Johnny nutzte die kleine Ablenkung, um ihm das Messer in einen Schenkel zu rammen und ihm einen Stoß zu versetzen, dass er gegen die Theke fiel. Carrillo wollte seine Pistole hervorholen, aber noch bevor er das Gehäuse zu fassen bekam, hatte Ramírez ihm einen Tritt in die Rippen versetzt und er beugte sich herab, um das Messer herauszuziehen, das in seine Hand zurückkehrte, und das Blut sprudelte nur so.

»Sag dem Chueco, er soll mir keine Botschaften mehr schicken«, sagte er, leerte das Magazin der Pistole und streckte den Arm aus, um mir die Kugeln zu übergeben. »Das nächste Mal bringe ich dich um, du Mistkerl«, ertönte Ramírez' Stimme wieder, aber Carrillo antwortete nicht mehr.

Er stand auf, nahm die Waffe, die Johnny neben einen Becher Milchkaffee gelegt hatte, und verließ ein Bein nachziehend das Café. Der Chinese, der wegen des Tumultes aufgesprungen war, setzte sich wieder vor den Fernseher. Ich hatte die Kugeln noch in der Hand, es waren sechs, kalt wie Eisstückchen.

II

Der kleine Zug mit den sechs Waggons beendete die letzte Runde um die kleine Kirmes und der Betreiber kündigte seine Ankunft mit einer tiefen, durchdringenden Hupe an. Johnny beobachtete die Manöver des Zuges vom Schießstand aus, während er mit immer geschickteren Fingern die Patronen, eine nach der anderen, in das Magazin des Gewehres steckte. Es war noch früh und mit Ausnahme des Zuges ruhten die meisten Fahrgeschäfte noch; die Kirmes war fast menschenleer und die Hunde suchten in der Nachmittagssonne den Schatten. Gähnend sah Johnny seine Schwester aus dem letzten Waggon des Zuges steigen und die fünfzig Meter gehen, die sie vom Anhänger von El Topo, dem »Kretin«, trennten. Sie trug einen roten Samtrock, der kaum ihre dunklen Schenkel bedeckte, und an den Handgelenken eine Unmenge von bunten Plastikarmbändern. Unter dem dünnen Stoff der Baumwollbluse wippten sanft ihre vorgewölbten Brüste einer 14-Jährigen.

Es war drei Uhr an einem Samstagnachmittag, und die Angestellten dösten erschöpft von der prallen Sonne in ihren Ständen in Erwartung des Publikums. Johnny machte seiner Schwester ein Zeichen, um sie daran zu erinnern, dass sie ihn am Schießstand ablösen sollte, aber sie ging verfolgt von den fleischfressenden Blicken zweier Männer, die an einem Holztisch Karten spielten, weiter. Ihre Mutter saß in einen Liebesroman vertieft im Schatten eines Schirmes und merkte gar nicht, dass Rebeca an ihr vorbeilief, weil sie gesehen hatte, dass am Eingang des Wagens von El Topo sich eine Gruppe versammelt hatte und auf das Zeichen des Angestellten wartete, eintreten zu können. Sie lassen nur Gruppen mit mehr als fünf Personen hinein, nicht weniger, und sie, die das Innere des klimatisierten Vehikels als Haus des Schreckens in- und auswendig kannte, machte auch noch eine Runde mit, denn es gefiel ihr, »Das Gesicht, das die Angsthasen machen und das Geschrei der Weiber wegen einer Plastikmaske«, aber vor allem genoss sie das Ende, wenn ein Leinenvorhang mit Mottenlöchern anzeigte, dass die Runde vorbei war und der Topo hinter diesem Vorhang mit einem Kostüm und einer Plastikmaske in seinem engen Blechkäfig überraschend brüllte, und die Besucher unter Geschrei und nervösem Gelächter verschreckt zum Ausgang flüchteten. Das war ihr Lieblingsmoment, denn »Sogar die Mutigsten machen sich in die Hosen«, und sie befand sich noch im Wagen und lachte, als der Topo aus seinem Käfig kam, sich ihr in den Weg stellte und sagte:

»Du wirst richtig knackig«, während er ihr seine grobe, breite Hand zwischen die Schenkel schob.

Rebeca rannte davon, sie hatte das Gefühl, die Finger des Topo krallten sich immer noch in ihre Vagina, sie weinte nicht, aber ihr Gesicht war knallrot.

»Ich werde dich umbringen, du Mistkerl!«

Johnny sah sie auf den Schießstand zukommen und ging ihr entgegen, um sie wegen ihrer Verspätung zu tadeln.

»Verdammt, was soll das, Rebeca.«

Aber als er vor ihr stand, merkte er an ihrem roten Gesicht und dem wilden Gesichtsausdruck, dass etwas geschehen war. Er nahm sie an der Hand und zog sie zum Stand, wo sie wütend losheulte und sich zusammenkauerte, um sich vor dem fernen Blick der Mutter und dem Johnnys zu verstecken, der sich zu ihr niederbeugte und fragte:

»Es war der Topo, nicht wahr?«

Rebeca nahm die Hände vom Gesicht, hob den Rock hoch, so dass man die rosafarbenen Flecken sehen konnte, die ihre Leiste tätowierten, tiefe, lang gezogene Spuren. Johnny wartete ihre Antwort nicht ab, er nahm das beste Gewehr, das Gewehr, das sein Onkel jeden Morgen liebevoll mit Waffenöl und Putzwolle reinigte, bevor er ihn daran erinnerte, dass er dieses Gewehr nicht jedem geben durfte – »Nur, wenn man dich darum bittet«. Er nahm es und verließ den Schießstand, ohne Eile, er nahm den weitesten Weg, um nicht die Blicke der Angestellten und der Mutter auf sich zu ziehen, das Gewehr ganz eng an der Körperseite, damit es nicht auffiel, das Gesicht der Sonne zugewandt, als wäre er ein Killer aus einem Film vor dem Duell auf Leben und Tod.

Der Topo saß auf einem Holzbänkchen in seinem Käfig, die Plastikmaske in der Hand, ein Lächeln in das Gesicht gemalt, als die Munition sein Ohr durchdrang und einen Gang an rohem Fleisch öffnete, durch den der Schmerz bis ganz tief in sein Hirn vorstieß. Mit einem heftigen Fußtritt öffnete er den Käfig, aber Johnny hatte den Wagen bereits verlassen und sich hinter einem der Zugwaggons verschanzt, wo er mit der starren Waffe an der Schulter auf ihn wartete. Als der Topo herauskam, schoss Johnny kalt und zielsicher zweimal und zersplitterte seinen Kiefer, und eine weitere Kugel landete zwischen seinen Zähnen, »Jetzt bist du tot, du Schwein«, dachte er, aber er konnte nicht mehr schießen, weil der Topo, aus Ohren und Mund blutend, wutschnaubend mit seinen mehr als siebzig Kilo Gewicht auf ihn fiel.

Die Nacht hatte auf sich warten lassen, aber als sie kam, bedeckte sie die Stadt mit einer dicken, kalten Decke. Ramírez stand seitlich am Fenster und verfolgte die wenigen Passanten, die die Straße überquerten, um sich in der

Dunkelheit zu verlieren, die seine Augen nicht mehr durchdringen konnte. Er fasste an seinen Unterarm und er konnte die Oberfläche der alten Wunde ertasten, die der Topo ihm vor vielen Jahren verpasst hatte, als er noch ein Kind war und der Topo ihm den Arm umgedreht hatte, bis die Elle gebrochen war. Der Knochen hatte die Haut durchstoßen, und Ramírez erinnerte sich, wie er damals ungläubig die Spitze dieses weißen Knochensplitters betrachtete, den jemand mit einem zielsicheren Ruck noch vor dem ersten Schmerz wieder an seinen Platz gebracht hatte. Es waren weit mehr als zwanzig Jahre vergangen, aber die Kälte erinnerte ihn daran, dass er unter der Haut eine alte Narbe hatte, einen Knochen, der einen stechenden Schmerz verursachte, an den er sich gewöhnt hatte. Es war fast zehn Uhr abends und er befand sich in einem Zimmer, das nicht seins war.

Am Morgen hatte er Rogelio gefragt:

»Wer ist in der 21?«

»Zur Zeit niemand, aber es ist Irenes Lieblingszimmer. Bestimmt kommt sie am Abend und nimmt es sich.«

»Um wie viel Uhr?«

»Keine Ahnung, zwischen elf und zwölf, je nachdem, wie es läuft.«

»Ich werde dort bleiben, bis Viertel nach zehn, ohne Schlüssel. Nimm ihn vom Schlüsselbrett und häng ihn um diese Zeit wieder hin. Niemand darf davon wissen.«

»Und wenn Irene kommt, was sage ich ihr?«

»Irgendwas. Sag ihr, du hast es deinem Knaben auf dem Bild da vermietet.«

»Der Tag, an dem einer der Typen, die in das Hotel kommen, mir sagen kann, wer dieser ›Knabe‹ ist, wie du ihn nennst, rutsche ich auf Knien zur Basilika der Jungfrau von Guadalupe Hidalgo hinauf.«

»Du wirst das Hotel in die Zona Rosa mitnehmen müssen, denn hier hast Du schlechte Karten, wir wissen nichts über Gringos. Und leih mir deine Uhr, ich gebe sie dir morgen früh wieder.«

»Natürlich, aber lass mich nicht im Dunkeln tappen, Johnny, was wird heute Nacht passieren?«

Die Zeiger der alten Citizen zeigten 22:08 Uhr. Da sah er sie in einen alten künstlichen Persianermantel gehüllt kommen, sie trug silberfarbene Wildlederschuhe und eine schwarze Ledertasche hing über ihrer Schulter.

Er hatte sie genau an diese Ecke bestellt, ohne zu wissen, ob sie pünktlich sein würde, jetzt war sie da, strahlend. Sie war nur acht Minuten zu spät und spähte in die Straßen, um zu sehen, ob sie irgendwo Ramírez' Gestalt erkennen konnte, ohne zu ahnen, dass Johnny sie vom zweiten Stock des Hotels vor ihr beobachtete, und dabei seelenruhig die Patronen in das Magazin seiner alten Winchester steckte.

Zwei Wochen zuvor hatte er sie bei den Tischen an der Tanzfläche des El Molino aufgesucht, einem Cabaret, dessen Geschichte man an der vergreisten Fassade, an der Markise ohne Buchstaben, an der Windmühle, einer fieberhaften Imitation des Moulin Rouge, an dem widerwärtigen Geruch der Toiletten und vor allem an der Größe der Tanzfläche erkennen konnte, die kaum von den wenigen Gästen gefüllt wurde, die es den anderen Nachtlokalen der Gegend vorzogen. Sie saß rauchend da und betrachtete mit einer gewissen Verachtung die wenigen, die dort nach den Tönen des Orchesters tanzten. Die Tanzfläche war ein langes, dunkles Rechteck, einem Schwimmbecken mit schmutzigem Wasser gleich, in das sich im Takt der Musik die Absätze wie kraftlose Messerstiche bohrten. Ein paar Huren schliefen, die Arme auf den Tisch gestützt, sie sahen aus wie von der Flut an einen Fels geschleuderte tote Fische; das Gegröle eines Betrunkenen wurde immer leiser, und ein Kellner schob den Ärmel ein Stück hoch, um auf die Uhr zu sehen und festzustellen, dass der Nacht nur noch ein paar Minuten blieben. Johnny ging an den Säulen um die Tanzfläche entlang und blieb an dem Tisch stehen, auf dem das Glas stand, das sie hin und wieder eher reflexartig denn bewusst an den Mund führte.

»Darf ich mich setzen?«, fragte er und legte die Spitzen seiner kalten Finger auf ihr nacktes Knie.

»Setz dich, aber verwechsel mich nicht mit den anderen. Ich bin keine Hure.«

»Ich verwechsele dich nicht, du bist Claudia Gutiérrez.«

Ramírez öffnete das Fenster so weit, dass die Gewehrspitze die kalte Nachtluft durchbohrte. Seine Hand war ruhig und der Finger lag genau auf dem Abzug; er atmete tief ein und behielt einen Luftsack in den Lungen, er wollte sie nicht leiden lassen, die Kugel müsste wie ein Messerstich direkt ins Herz gehen, schnell und präzise, damit sie keine Zeit hätte, an irgendetwas zu denken, nicht einmal an Gott. Wenn er die Wahl hatte, zog er intimere Waffen vor, sogar wenn er schoss, stellte er sich die Kugel als blitzschnell schießenden Pfeil vor. Aber diesmal musste es auf diese Weise sein. Er wartete, bis sie mit diesen nervösen Trippelschrittchen aufhörte und an dem Punkt stehen blieb, wo die Linie endete, die er mit der Gewehrspitze markiert hatte. Er wollte, dass sie die Richtung der Kugel suchte und sich zwischen Johnnys Auge und den Metallvorhang hinter ihr stellte, sie sollte diese kleine, letzte Entscheidung treffen, bevor er abdrückte.

Wie an jenem Abend im El Molino, als sie den Weg vorschlug und sie gemeinsam das Lokal verließen, als würden sie eine vor langer Zeit getroffene Verabredung einhalten, und sie zu einem Hotel gingen, von dem sie beide behaupteten, es nicht zu kennen, und ein Zimmer nahmen, in dem sie immer noch behauptete, keine Hure zu sein, und wenn sie mit einem Unbekannten dort sei, dann nur, weil sie von jung an immer mit jedem geschlafen hatte, auf den sie Lust hatte.

»Immer wenn mir einer gefällt, das ist das einzige Vergnügen, das mir geblieben ist, wenn ich es eines Tages verliere, werde ich auf der Straße um Almosen betteln. Das Leben wird von so wenigen Dingen zusammengehalten«, hatte sie wenige Minuten vor Verlassen des Tisches im Cabaret gesagt.

»Das ist noch lange hin«, sagte Johnny und warf die Zigarette in den Gully.

Es hatte gerade vier Uhr morgens geschlagen und alles war relativ leicht gewesen, niemand hatte ihn in dieser dunstigen, aus Zigarettenrauch und dahinsiechenden Lichtern geschaffenen Atmosphäre erkannt; niemand war ihm auf dem Weg vom Tisch auf die Straße begegnet, auf der sie langsam ging, vielleicht in Erwartung des Satzes, des Ereignisses, eines winzigen Zeichens, irgendetwas, das sie bereuen ließ, mit einem Mann in ein Hotel zu gehen, den sie gerade erst kennen gelernt hatte.

»Es ist nicht mehr lange hin, aber denk nicht, dass ich mir darum Sorgen mache. Dann werde ich einen Mann haben, mit dem ich die Zeit verbringen werde, die mir noch bleibt.«

»Wahrscheinlich hast du ihn schon, oder?«

»Haben noch nicht, aber es ist so besprochen.«

Wie er bereits beim ersten Mal vermutet hatte, als er ihre Stimme am Telefon gehört hatte, ging sie wohl auf die vierzig zu, aber das Make-up nahm ihrem Gesicht die wenigen Jahre, die ihr Körper zu viel zu haben schien.

»Die Kellner haben dir meinen Namen gesagt, nicht wahr?«

»Woher sollten sie den wissen, wenn du nicht dort arbeitest?«, fragte Johnny.

»Natürlich arbeite ich dort, aber nicht als Hure.«

»Als was dann?«

»Irgendwann wirst du's erfahren, das ist jetzt unwichtig.«

Und dann schwiegen sie. Er legte ein paar Scheine auf die Theke, bedient von einem leichenblassen jungen Mann mit schräg stehenden Augen und fettigem Haar, der ihnen ohne Umschweife den Schlüssel aushändigte, ohne etwas zu fragen, wie eine hingebungsvolle Mutter, die ihre Kinder zu jeder Uhrzeit und in jedem Zustand liebevoll aufnimmt, und dann verschwanden sie in einem düsteren von zwei Reihen Türen mit dünner zitronengelber Lackschicht flankierten Flur.

Ramírez war noch nie zuvor in diesem Hotel gewesen, obwohl er unzählige Male die traurige Fassade und das auf ein halb verfallenes, verrostetes Eisengestänge montierte Schild gesehen hatte, das sich vom Dach zur Straße hin verbeugte. Die Zimmer waren wie alle: ein Bett, ein Schrank voller Spinnen, steife, nach Stärke und Desinfektionsmittel riechende Laken, sich auflösende Bettdecken und ein altes Telefon auf einem Schreibtisch oder einem klapprigen Tischchen. Johnny ging für den Fall der Fälle die Fluchtmöglichkeiten durch: Es gab keine, er könnte höchstens aus dem Fenster springen oder sich unter dem Bett verstecken oder zwischen den Beinen der Frau, die sich jetzt mit einer einzigen Bewegung des Kleides entledigte, als wären ihre Finger, die den Reißverschluss nach unten ziehen, eine den Bauch eines Tieres in zwei Stücke teilende Ahle. Johnny fuhr mit der Zunge über ihre Brüste und dann hinunter zu ihrem Bauchnabel und weiter zu den Leisten und den Knien und nahm das Salz eines melancholischen Schweißes und die Spuren eines tief in der Haut begrabenen Parfums auf. Dann drang er in sie ein, das Glied wie ein Stahlkabel gespannt, aber vorsichtig, als würde er mit einer Jungfrau Liebe machen. Sie hatte Arme und Beine um ihn geschlungen und hielt ihn gefangen, sie krallte die Nägel in die trockene, harte, scheinbar schmerzunempfindliche Haut und presste sich an ihn, als fürchte sie, in eine bodenlose Höhle zu fallen, bis sie nicht mehr konnte und losließ, kraftlos, während sie spürte, wie Ramírez' Glied sich mit einer fast militärischen Raserei in sie bohrte, ohne Pause, als wollte er nie mehr anhalten.

Das tat er dann doch, es war nur ein Augenblick, und sie merkte, dass sie sich nicht wehren konnte, denn Ramírez hatte ihr einen heftigen Schmerz in den After gerammt, der erträglicher und zugleich tiefer wurde, als hätte Ramírez' Glied alle Organe ihres Körpers erreicht, ihre Arterien aufgelöst, ihr Herz durchquert und zerriss jetzt ihre Lungen. So ging es über viele lange Stunden, bis sie nicht mehr konnte und ohnmächtig wurde oder einschlief oder in einem Zustand angenehmer Agonie verharrte, der verflog, als sie die Augen aufschlug und Johnny im Sonnenlicht stehen sah, das durch das Fenster eindrang und sich wie eine Pfütze auf dem Boden ausdehnte.

»Hey, geh nicht, ich will dich wiedersehen.«

Das sagte sie, während sie ihre nackten, kalten Füße in ihre hohen Schuhe gleiten ließ und einen nach dem anderen die Teile eines schmerzenden Körpers wiedererkannte, klagende Muskeln und heftiges Brennen, einen Körper, dessen Last sie den ganzen Tag über tragen müsste.

»Ich will dich auch wiedersehen«, sagte Ramírez und drückte mit einer Hand den Türgriff herunter. »Was hältst du von Montagabend um zehn?«

»Ja, das passt gut. Ich werde im El Molino sein, am selben Platz.«

»Ich warte an der Ecke Isabel La Católica und Gutiérrez Nájera. Ich lade dich zum Essen ein.«

»Wenn ich da so an der Ecke stehe, wird man mich für eine Hure halten, treffen wir uns besser woanders, oder?«

»Ich ziehe den Ort vor. Wenn ich dich nicht sehe, war's das«, sagte Ramírez in strengem Ton.

»Wie du meinst, Süßer. Wir sehen uns dort, aber du kommst pünktlich, ja?«

»Fünf Minuten vor dir, damit du nicht auf mich warten musst.«

Die Kugel durchschlug ihre Stirn. Ramírez spürte den Rückstoß der Waffe an seiner Schulter, aber sein Blick verfolgte den Sturz der einsamen Gestalt, die plötzlich auf den Bürgersteig fiel. Die Waffe war in tadellosem Zustand, obwohl er sie seit mehreren Monaten nicht benutzt hatte, das letzte Mal, als er dem Cowboy die Augen durchlöchert hatte, der ihn nachts von dem Marlboroplakat überwachte, er hätte gerne noch ein weiteres Mal auf den reglosen Körper geschossen und eines der Beine durchlöchert, die seinen Körper Nächte zuvor wie ein stahlhartes Schloss festgehalten hatten. Aber er musste das Zimmer verlassen, dessen Wände mit Sicherheit das Geräusch des Gewehrschusses nicht hatten aufhalten können, und die zwei Stockwerke hinaufgehen, die ihn von seinem Zimmer trennten und drei oder vier Tage abwarten, bis die Zeit den Körper mit sich fortnehmen und das Blut wegradieren würde und das Gerede sich zwischen so vielen anderen Toten und blutigen Ereignissen zerstreute. Er musste nur darauf warten, dass die Erde die Erinnerung an das Verbrechen verschluckte; nicht lange, denn in dieser Stadt wurde die Erinnerung gewöhnlich neben dem Körper begraben. Daran dachte Ramírez, als er sich auf das Bett fallen ließ, es war, als ob das Leben seiner Opfer nur darin bestand, einen kleinen

Spaziergang außerhalb ihres Grabes zu machen und als hätte man ihm die Macht verliehen, ihnen zu sagen, wann der Spaziergang beendet war, wie der Briefträger, der eine schlechte Nachricht bringt, für die er natürlich keineswegs verantwortlich war.

Als meine Mutter mir die Nachricht überbrachte, dass mein Vater zurückkam, war ich schon selbstständig genug, um allein zu leben. Die Jobs, die Johnny mir verschaffte, waren einfach und auch wenn sie nicht viel Geld abwarfen, reichte es, um ein Zimmer zu mieten und dieses Zuhause zu verlassen, an das ich mich jetzt nicht ohne Bitterkeit erinnere. Am Ende lebten wir zu dritt zusammen, Elena, Felipe und ich.

Anfangs war das Zusammenleben ein wenig nervig, weil Elena Felipe nicht ausstehen konnte, »Der gehört zu denen, die dich früher oder später in Schwierigkeiten bringen«; das Zimmer war lang und schmal, und wir hatten es mit einem Vorhang aus Sackleinen geteilt, auf der einen Seite stand Felipes Bett, auf der anderen das von Elena und mir. Es war ein kaltes Zimmer in der Ecke eines Hauses aus roten Ziegelsteinen und schwarzbraunen Schmiedeeisen, das Haus hatte nur ein Stockwerk und einen engen Hof mit gesprungenen Bodenplatten und Blumentöpfen, in die die Bewohner Malven und Geranien pflanzten. Wir konnten uns nicht an das Zusammenleben gewöhnen, weil Felipe zwei Monate nach unserem Umzug getötet wurde. Ich hatte ihn gewarnt:

»Kauf nicht bei den Polizisten, denn wenn sie dir nicht zusetzen, dann Johnny, es ist besser, nur ein Gesicht zu haben, damit sie wissen, wer du bist.«

Aber Felipe dachte nicht mit dem Kopf, er war zu impulsiv, sie verpassten ihm zwei Schüsse in den Magen und ließen ihn mitten auf der Straße liegen.

»Ich weiß, wer ihn getötet hat, aber er ist selbst schuld« – sagte Ramírez mit diesem Ausdruck zu mir, weit weg von allen anderen zu sein, sich nicht mit der Scheiße der anderen zu beschmutzen – »Felipe gehörte nicht zu denen, die überdauern, er war wie der Carrillo, sie wissen nie, mit wem sie reden.«

Er sagte nichts weiter, nur dass ich jetzt ein wenig mehr Arbeit hätte und »... mal sehen, ob Elena dich unterstützen will, wir brauchen jemanden wie sie zum Verkauf im Cabaret«. Aber meine Schwester, die zu dem Zeitpunkt die Schule bereits geschmissen hatte, taugte nicht dafür. Sie zog es vor, ins El Molino zu gehen, weil sie dort rein mit Tanzen in einer Nacht mehr verdiente als ich in mehreren Tagen; sie tanzte nur, sie war nicht wie die meisten, die einen Preis hatten und mit jedem ins Hotel gingen, der sie bezahlen konnte.

Elena war groß, sie hatte fast meine Statur, es war etwas Elegantes in all ihren Gesten, in ihrem Erscheinungsbild, in ihrer Art, mit anderen zu reden. Ich habe immer gedacht, sie hätte Schauspielerin werden, ein anderes Leben haben können, vielleicht hätte ich es kapiert, wenn ich nicht der Jüngere gewesen wäre: Ich hätte sie da rausholen müssen, dem Einfluss von Johnny entziehen, von mir, von diesem Viertel, das ihr immer viel zu klein war. Aber sie war die Ältere und sie hat sich abgerackert, weil wir jahrelang mit der Vorstellung aufgewachsen sind, dass sie diejenige ist, die mich unter ihre Fittiche nimmt und dass nichts – selbst wenn ich es befahl – ohne ihre Zustimmung gemacht werden konnte. Jetzt ist es anders, weil wir die Distanz verloren haben und wissen, wenn das Schicksal nicht mit seiner Pistole auf uns zielt, werden wir uns nicht mehr trennen, wir haben uns daran gewöhnt, zueinander zu gehören, den Tag über zu warten und uns am frühen Morgen kurz zu sehen, wenn sie aus dem El Molino kommt, oder manchmal am Nachmittag, wenn sie aufwacht und ich auf dem Bett liege und fernsehe, das Kokain wiege oder einfach abhänge. Wir reden fast nicht, vielleicht weil wir keine Einzelheiten wissen wollen oder weil wir uns nicht viel zu sagen haben, aber über die Zeit passt sich ihr Wesen meinem an, als würde sie jünger und ich jeden Tag älter, als hätte Felipes Tod mich bitterer und skrupelloser gemacht und sie schwächer und furchtsamer. Außerdem fühlten wir uns gefangen in dem Spinnennetz, das Johnny gewoben hatte und das, auch wenn wir es nicht offen aussprachen, uns näher zusammenrücken ließ, kein Spinnennetz aus Drohungen oder Gewalt, sondern aus Andeutungen und Schweigen, dessen erste Fäden bereits vor mehreren Jahren abgesondert wurden, als Ramírez die Geliebte meines Vaters durch einen Schuss in die Stirn tötete.

Elena fragte es mich an besagtem Morgen, Tage nach Felipes Tod, halb betrunken:

»Glaubst du, es stimmt, was Ramírez gesagt hat?«

Sie zog dabei die Strümpfe aus und entblößte die Beine, die ich in- und auswendig kannte, die feinen Narben an ihren Knöcheln und die unsichtbaren Haare auf ihren blassen Leisten.

»... dass er diese Frau getötet hat, weil meine Mutter ihn darum bat. Glaubst du ihm?«

»Ich weiß nicht, außerdem ist mir das scheißegal.«

»Mir ist das nicht egal, weil Johnny im Grunde glaubt, dass wir ihm etwas schuldig sind.«

»Dann müssen wir ihm sagen, er soll sich an sie halten und nicht an uns. Wenn er es sich nicht schon geholt hat.«

»Ich glaube nicht, dass meine Mutter fähig wäre, dafür zu zahlen, das würde sie nicht tun, sie hat keine Charakterstärke, ich glaube, der Mistkerl betrügt uns.«

»Warum fragst du ihn nicht?«

Ich wusste, das würde sie nie tun, denn auch wenn sie es nicht zeigte, dieses jugendliche Vertrauen, das sie immer zu ihm hatte, war geschwunden und einer unüberbrückbaren Distanz gewichen, einer starken Angst, der ähnlich, die ich anfangs empfunden hatte, als ich ihn noch nicht genügend kannte und schon eine Gänsehaut bekam, wenn ich ihn nur sah.

»Es ist sein Leben, aber ich würde wegen niemandem einen Menschen umbringen, und noch weniger wegen so einem Mistkerl wie meinem Vater, da bringe ich besser ihn um.«

Sie lehnte sich zurück und ihr Nacken tauchte in die Mitte des Kissens, während sie mit einer Hand in ihrer Kunstledertasche wühlte. Als sie die Zigarette in den Fingern hatte, steckte sie sie in den Mund und ließ sie für ein paar Minuten dort. Ihre Gedanken suchten in der Tasche der Zeit, sie wollte im Verhalten der Mutter eine Spur, ein Indiz finden, das ihr sagte, dass der Schwindel womöglich stimmte.

»Nein, ich glaube, dass wir sie nicht gut kannten. Sie weinte immer im Verborgenen, weißt du noch? Wir haben nie irgendwas erfahren. Wir waren ziemlich außen vor.«

»Du hast mehr mit ihr gesprochen, weil du eine Frau bist, hatte sie mehr Vertrauen zu dir, nicht?«

»Ach was, er war ihr Mann, und wir nur die Kinder, die sie mit diesem Mann hatte, wir waren zweitrangig. Und wenn wir redeten, dann kam sie immer mit ihrem ›dein Vater dies, dein Vater das‹, aber nichts, es war, als redete ich mit dem Spiegel, ich hätte genauso gut mit der

Wand oder dem Hund reden können. Sie dachte an nichts anderes als an ihn, das war doch kein Leben.«

Es war das einzige Mal, dass wir darüber sprachen. Wir ließen die Zeit verstreichen und jetzt wird mir klar, dass sowohl sie als auch ich, jeder für sich allein und anhand seiner eigenen Indizien, schlussfolgerten, dass an der Aussage von Ramírez wohl etwas dran war. Wir sprachen es nicht aus, aber wir wussten, der einzige Grund, dass wir noch an ihn gebunden waren, war dieser. Eine unverbrüchliche Verpflichtung, deren Bestand nur die Zeit aufheben könnte. Ich sage die Zeit, denn es ist jetzt fast einen Monat her, dass sie ihn geholt haben, sie haben ihn in ein Auto gesteckt, das ich mir exakt so vorstelle wie das, das vor dem Orizaba hielt, als ich ihn zum ersten Mal sah. Es heißt, man habe ihn blutüberströmt aus dem Hotel geholt, ohne sein kobaltblaues Sakko, mit einer Schlinge um den Hals. Ich stelle mir vor, dass sie ihn in seinem Zimmer gefoltert haben und er schon halb tot war, als sie ihn ins Auto luden. Es waren keine Polizisten, es müssen Leute vom Chueco gewesen sein, von diesem gottverdammten Chueco. All das hat man mir erzählt, denn wenn ich selbst dort gewesen wäre, hätte niemand ihn oder uns beide mitgenommen. Von da an haben wir ihn nicht mehr gesehen, weder ihn noch seine Schwester, die er angeblich hat und die wir nie kennen gelernt haben, »Die Familien zeigt man nicht«, sagte er immer. Bestimmt haben sie ihn getötet und ihn irgendwo abgelegt; ich werde es irgendwann erfahren, aber ich werde nichts tun, denn wenn Ramírez etwas auszeichnete, dann, dass er wusste, dass man immer allein ist; er hat nie jemanden gebraucht, er würde über mich lachen, wenn ich ihm sagte, ich wolle ihn rächen. Er würde zu mir sagen: »Dummkopf, du hast immer noch nichts begriffen, zahl deine eigenen Schulden.« Nach diesen Ereignissen schlug ich meiner Schwester vor, in das Hotel zu ziehen, in dem Johnny wohnte, es war billiger und wir müssten nicht sauber machen, außerdem, wenn er so viele Jahre dort gewohnt hat, dann muss er gute Gründe dafür gehabt haben. Elena akzeptierte ohne Zögern:

»Wir werden fast nichts brauchen, in den Hotels gibt es alles«, sagte sie hoffnungsfroh, »Ein Tapetenwechsel ist gut, das bringt Glück, du wirst sehen.«

Wir packten ein paar Klamotten zusammen und gingen ins Orizaba. Der Angestellte am Empfang, Rogelio, war ein liebenswürdiger Mann mit gerötetem Gesicht und ausladendem Bauch. Außer dem Gürtel trug er noch ein paar rote Hosenträger, die sich an seinem Rücken kreuzten wie eine Zwangsjacke.

»Ich gebe euch Ramírez' Zimmer», sagte er und nahm einen Schlüssel.

»Und wenn er zurückkommt?«, fragte Elena und ließ das Kleiderbündel auf die Theke fallen.

»Er kommt nicht zurück«, sagte Rogelio und gab mir den kleinen silberfarbenen Schlüssel. »Hört mal, ich möchte euch eine Frage stellen, wenn es euch nichts ausmacht, natürlich. Aus reiner Neugier. Wisst ihr, wer das da auf dem Foto ist?«

Seine Hand zeigte auf ein Bild an der Wand über dem Sessel, von dem aus Rogelio die Rezeption und das ganze Hotel regierte. Es war das Porträt eines weißen, großen Mannes mit vom Wind zerzausten Haaren.

»Das ist Rock Hudson«, sagte Elena. »Meine Mutter hatte ein Foto von ihm im Kleiderschrank ihres Schlafzimmers. Ich glaube, er ist Schauspieler, ein Gringo.«

Rogelio lächelte und entfernte mit der Fingerspitze den Staub, der sich auf dem vergoldeten Rahmen des Fotos angesammelt hatte. Dann sagte er, den Blick auf den Treppenabsatz gerichtet, als würde er mit jemandem sprechen:

»Habe ich es dir nicht gesagt, jetzt kommen die guten Zeiten.«

Reihe **friktion** bei Matthes & Seitz Berlin:

friktion 2

Iain Levison
Betriebsbedingt gekündigt
Roman

Aus dem amerikanischen Englisch von Hans Therre
224 Seiten, gebunden mit Schutzumschlag
ISBN 3-88221-845-2

Nachdem Jake Skowrans Arbeitgeber ihre Fabrik zum Zwecke der Profitmaximierung in eine Billiglohnregion verlegt haben, lebt er in einer sterbenden Stadt, arbeitslos, allein und verschuldet wie beinahe alle, die er kennt. Doch Jake gibt die Hoffnung auf Arbeitsplatz, Familie und Eigenheim nicht auf. Schließlich findet er tatsächlich einen einträglichen Job: Profikiller. Mit aller Sorgfalt seines protestantischen Arbeitsethos beteiligt er sich fortan selbst an der Entsorgung angeblich wertlos gewordenen Humankapitals. Der Revolver wird dabei zum Instrument seiner Revolte und zur Grundlage neuen Selbstbewußtseins.

»Das Buch muß unter allen Umständen von den vielen Millionen deutschen Arbeitslosen ferngehalten werden, sonst geht es uns an den Kragen.«
BERLINER ZEITUNG

»Radikal, anarchisch und mit ziemlich viel schwarzem Humor«
HANDELSBLATT

»Eine aufregende, spannende Geschichte, die einen das Gruseln lehren kann.«
TAZ

Reihe **friktion** bei Matthes & Seitz Berlin:

friktion 3

Sylvain Trudel
Mit Quecksilber unter der Zunge
Roman

Aus dem Französischen von Nathalie Mälzer-Semlinger
176 Seiten, gebunden mit Schutzumschlag
ISBN 3-88221-859-2

»Klug sein ist ja ganz schön, aber wenn man morgens beim Aufstehen die Lider auseinander kriegen will, muß man vergessen, dass man alles weiß. Wenn es mit mir gerade bergab geht, möchte ich mich am liebsten dafür entschuldigen, alles so haargenau zu wissen und auch nicht an die netten beruhigenden Worte zu glauben, sondern bei jedem Klaps auf den Rücken bereits das wimmelnde Gewürm zu spüren, aber ich kann nichts dafür: Ich bin schon als Atheist auf die Welt gekommen, und das Weihwasser hat bei der Taufe nicht auf meine böse Seele abgefärbt, ich war schon immer widerspenstig und halsstarrig.«

»Dieses Buch ist ein Schock. Erschütternd. Fantastisch.«
TELERAMA, Paris

»Ein Buch, das von der ersten Seite an zutiefst berührt.«
BRIGITTE

»Sylvain Trudel ist ein in jeder Hinsicht beeindruckendes Buch gelungen. Es besticht durch seinen kompromisslosen Blick wie durch seine (selbst)mitleidlose Ehrlichkeit. Geradezu unmöglich, bei diesem kreatürlichen Aufschrei unberührt zu bleiben.«
NEUE ZÜRCHER ZEITUNG

Reihe **friktion** bei Matthes & Seitz Berlin:

friktion 5

Georges Bataille
Das Blau des Himmels
Roman

Aus dem Französischen von
Sigrid von Massenbach und
Hans Naumann
224 Seiten, gebunden mit
Schutzumschlag
ISBN 3-88221-763-4

Das Blau des Himmels ist eine gewaltige Eruption, ein literarischer Markstein des 20. Jahrhunderts. Ein Klassiker, der heute auch nach den Romanen von Bret Easton Ellis und Michel Houellebecq nichts von seiner verstörenden Wirkung eingebüßt hat. Im Mittelpunkt dieses unbedingt neu zu entdeckenden Texts steht eine Liebe auf dem schmalen Grat von Erotik und Tod, in der sich Lust und Grauen unentwirrbar verknoten.

»Allein beim Namen Bataille schreckt die Kritik zurück. Da sie nicht, wie sie es für erforderlich erachtet, über eine Kasuistik verfügt, um seine Finsternis anzugehen, wartet sie darauf, sich in einem kritischen Gnadenzustand zu befinden, um es zu tun zu versuchen. Die Jahre verstreichen: die Leute leben weiterhin in der Illusion, daß sie eines Tages über Bataille werden sprechen können. Diese Illusion läßt sie parallel zur kapitalen Bedeutung seines Werkes fortdauern. Diese Enthaltung wird ihr Stolz. In der größten Sorge um ihren Ruf werden sie sterben, ohne es zu wagen, diesen Stier bei den Hörnern zu packen.«
Marguerite Duras